ロザムンドおばさんのお茶の時間

ロザムンド・ピルチャー
中村 妙子 訳

朔北社

ロザムンドおばさんのお茶の時間　目次

ロザムンドおばさんのお茶の時間

雨あがりの花

Flowers in the Rain

田舎のバスは霧雨の中を、つめたい東風に押されるようにのろのろと進みラクランの村への最後の坂道にさしかかった。

レルカークを出たのは一時間前のことだった。くねくねと折れ曲がっている道が丘陵地帯に入ったころ、どんよりと曇った昼下がりの空から雨が落ちてきた。

「しけた天気になっちまって」と車掌が、ふくらんだ買い物袋を二つ下げた大柄な主婦の手から料金を受け取りながらつぶやいた。

この地方特有のアクセントの「しけた」という言い回しに、わたしは過ぎ去った日々を思い返して何年ぶりかで故郷に帰るような気持ちになっていた。

結露で曇っている窓の一隅をそっと拭いて、わたしは外をのぞいた。石の壁。シラカバとカラマツの木立。奥の方は霞《かす》んで見えないが、ひろびろとした農家の庭先へとつづくらしい細い小道。やがて、道のたたずまいに見覚えを感じるようになった。あの橋を渡れば村の通りに出るはずだ。わたしは窓際の席にすわっていたので、隣席の男の人に「すみません、次で降りますので」と言った。

「ああ」男の人は立ち上がると通路に出てわたしを通し、「あいにくの天気でね」とつぶやいた。

「ええ、ほんとに」とわたしも相づちを打った。

わたしが通路を前方に進むうちにバスは橋を渡り、ミセス・マクラレンの店の前の歩道の脇で止まった。

エフィー・マクラレン
ラクラン雑貨店
ラクラン郵便局

ドアの上の看板は、以前と同じだった。バスのドアが開くと、わたしは車掌に「ありがとう」と言って、ステップを一段ずつ踏みしめて、ぬれた歩道に降り立った。続いて一人二人が、「いやな天気ですねえ、まったく」と言い言い、思い思いの方向に歩きだした。

わたしはすぐには動きださずに、しばらくぽつねんと立っていた――バスが動きだし、耳ざわりなエンジンの音が次の曲がり角の向こうに消えるまで。

そのままじっとたたずんでいると、聞こえてきた――クスクスと笑っているような、ゴボゴボと泡だっているような音が。あのやさしい川音が。どこかでメェーと羊が鳴いた。上方の丘の松林を吹きすぎる風の、溜め息のような音も聞こえた。なつかしい音の数々。何もかも以前と同じだ。

わたしと三人の兄は、わたしが十歳になったイースターの休みに両親と一緒に初めてこのラクランを訪れて以来、春の休暇をきまって、ここで過ごすようになった。わたしたちの家はエディンバラにあり、父は教師だった。父も母も釣りが大好きで、すばらしい釣り場があちこちにあるラクランに魅せられ、このあたりで「お屋敷」と呼ばれている家に住むミセス・ファークワの小さな持ち家を借りた。

ああ、あの毎日のすばらしさ。父母が川で釣り糸を垂れたり、湖の真ん中にボートを漂わせて何時間もじっと水面をみつめたりしている間、わたしたち四人の子どもは気ままに春を謳歌した。ヒースの茂る丘を走りまわり、氷のように冷たい水をたたえている淵で泳ぎ、鱒《ます》を手捕りにしたり、いっぱしのハイカー気取りでリュックを背に遠出をしたり。

わたしたち一家は、村の生活の中にすっぽりはまりこんだ。父は時折り小さな長老派の教会の礼拝で足ぶみオルガンを弾いた。母は婦人会の人たちに頼まれてイタリア風のキルティングの作

り方を伝授した。そしてわたしたち兄妹は、村の学校の遠足やコンサートのすべてに参加させてもらった。

しかし何よりの楽しみは——実際、年に一度のラクラン行きはこのためにいっそう魅力あるものとなった——ミセス・ファークワの惜しみないもてなしにあずかることだった。ミセス・ファークワはそのころ、すでにかなり年配の未亡人で、村を、またそこに住む人々を心から愛していた。お屋敷にはいつも何人ものお客——ミセス・ファークワの友人とその子どもたち、さらに甥やら、姪やら、名づけ子やら——が入れかわり立ちかわり逗留していた。

けれども血のつながった孫といえば、たった一人だけ、ミセス・ファークワの一人息子の、そのまた一人息子のロリーがいるだけだった。

わたしたち四人の兄妹はそもそもの初めから、ミセス・ファークワのあらゆる計画に当然のように仲間入りさせてもらった。テニス、お茶の会、紙まき鬼ごっこ《ペーパーチェイス》、ピクニック——楽しいことはきりなくあった。いま思うと、お屋敷の玄関はいつも大きく開けひろげられていて、食堂のテーブルには次の食事のためのご馳走が並び、居間の炉には訪れる者を歓迎するように、赤々と火が燃えていた。

そしてラッパスイセン——あのあざやかな黄色の花を見るたびに、わたしはイースターのころのラクランのお屋敷を思い出す。自然園といった感じの庭のあちこちにかたまって乱れ咲き、部屋部屋の花瓶にこぼれ、つよい香りがいたる所に漂っているようだった……。

　レルカークの患者の家に一カ月住みこむことになったとわたしが電話で告げたとき、母はすぐに言った。「ラクランを訪ねてみることもできるんじゃない?」

「ええ、お休みを一日、もらえると思うの。働きずめじゃあ、やりきれないもの。お休みをもらったらバスに乗って、ラクランに行くつもり。ミセス・ファークワにもお目にかかりたいし」

「そう……」と言った母の口調は何となく歯切れがわるかった。

「いけない?　ミセス・ファークワはわたしのことなんか、もう覚えていらっしゃらないかしら」

「もちろん、覚えていらっしゃるでしょうよ。伺えばお大喜びしてくださると思うわ。ただねえ、近ごろ、あまりお加減がよくないようで。卒中だか、心臓病だかで寝ついてしまわれたって、風のたよりに聞いているのよ。でもだいぶ前の話だから、もうよくなっていらっしゃるかもしれないわ。まずお電話してみることね」

　電話はしなかった。まる一日のお休みをもらうと、わたしは何も考えずにバス停に行き、バスに乗った。そして今こうして降りしきる雨に打たれて、立ちつくしているのだった。

　ややあって、わたしは歩道を横切って郵便局兼雑貨店のミセス・マクラレンの店の中に入って行った。ドアを開けると、上方についているベルがチリリと鳴った。ああ、この音。そしてこの匂い。灯油とオレンジと香料のクローヴと甘いキャンデーのそれがまじりあった匂い。ミセス・

マクラレンの店の匂い。

店の中はがらんとしていた——いつものとおり。切手とか、チョコレートとか、桃の缶詰とか、ボタンつけの糸とかを買いにきたお客がたまさかいるときは別として、ミセス・マクラレンの店はたいていは人けがなかった。ミセス・マクラレンはお客がいないときはきまって奥の居間にすわって、何杯もお茶を飲みながら飼い猫に話しかけていたっけ。そして今も……

「ティドルズ、誰か、見えたようよ。どなたさんかしらね」声とともに、フェルトの上履きをはいた足をひきずる音がして、ウッドビーズのカーテンを掻きわけてミセス・マクラレンが顔を出した。花模様のエプロン・ドレスも、眉毛の上までかぶさっている茶色のベレー帽も、五年前とおなじだった。ベレー帽の下はきっと、つるっぱげなんだと、口のわるい、わたしの兄のロジャーがよく言っていた——テレビ映画のコジャック刑事みたいと。

「いらっしゃいまし。ひどいお天気になっちまいましたねえ。何をさしあげましょう？」

「しばらくですね、ミセス・マクラレン！」

ミセス・マクラレンはちょっと眉を寄せて、カウンターごしにわたしの顔をつくづくと打ち眺めた。わたしは帽子をぬいで頭を振り、髪の毛を両脇に垂らした。そのとたん、ミセス・マクラレンの顔は笑みくずれ、さも驚いたといわんばかりに両手がひょいと上がった。「ラヴィニア・ハンター！　まあま、すっかりいいレディーになんなすって！　何年ぶりでしょうかねえ」

「五年ぶりですわ」

「お宅のみなさん、さっぱりこの村に見えなくなって残念だって、いつもお噂してたんですよ」

「わたしたちも、とてもきたかったんですの。でも父が亡くなって、グロスタシャーの、母の姉の近くに越したものですから。それに兄たちは今では三人とも、世界中のあちこちに散らばっていますの」

「お父さま、亡くなられたんですか。良いかたでしたがねえ。それであなたは何をしておいでですの？」

「看護婦をしています」

「よろしいですねえ。で、どこかの病院に？」

「病院づとめをしたこともありますけれど、今は派遣看護婦として働いてますの。ちょうどここ一カ月、レルカークのあるお宅で二人の小さなお子さんと生まれたばかりの赤ちゃんのお世話をすることになったものですから、思い立ってきてみたんです。もっと前に伺いたかったんですけど、お休みがなかなかいただけなくて」

「お忙しいんでしょうねえ」

「できたら、ミセス・ファークワをお訪ねしたいと思って」

わたしがこう言ったとき、ミセス・マクラレンの明るい顔がさっと曇った。

「ミセス・ファークワもお気の毒に。ごくかるい卒中の発作だったんですがねえ、それっきり、寝ついておしまいになって、日ましに弱られているとか。お屋敷も今じゃ、あなたがたが走りまわってたころとはすっかり様変わりしちまってねえ。ミセス・ファークワは二階でおやすみになったきり、看護婦が二人、夜昼交代で付き添っているんですよ。メアリとサンディのリーキー夫婦は今もお屋敷で働いていますけどね。サンディは庭仕事、メアリは台所仕事を受け持って。もっとも台所仕事ったって、看護婦の食事ごしらえばかしじゃあ、張り合いもないでしょうねえ。ミセス・ファークワはベビーフードみたいなものを、ほんのぽっちり、召し上がるだけだそうですからね」

「まあ……だったらお見舞いにあがっても、お邪魔でしょうかしら」

「いいえ、お具合のいい日もあるようですからね、そんなときにあなたみたいな若い方の朗らかなお顔をごらんになれば、きっと元気づかれますわ」

「今ではもう、泊まりがけで訪ねてこられるお客はないんでしょうか？」あの広いお屋敷がひっそりしてしまったなんて、考えるだけでもたまらなかった。

「そういうわけにもねえ。メアリ・リーキーの話では、ミセス・ファークワはロリーに会いたいとおっしゃっておいでだそうで、牧師さまにお頼みになったとか。牧師さまからロリーのところに手紙が行ったらしいんですけどね、あいにくアメリカに転勤になったそうで、返事があったかどうか、そこまでは、わたしも聞いていないんですよ」

ロリー。ミセス・ファークワの孫。ミセス・マクラレンはどうしてロリーの話を持ち出したんだろう？　高地人《ハイランダー》特有の勘かしら？

わたしはカウンターごしに、ミセス・マクラレンの顔を見やった。ミセス・マクラレンの色あせた目は勘ぐりなどとは無縁なようで、何のけれんもなしにわたしの顔を見返した。ロリーの名を聞いたとたんに早鐘のように打ち出した、この胸の鼓動を、ミセス・マクラレンが知っているわけはない。

ロリー・ファークワ。わたしはいつもロリー（Rory）と呼んできたし、これからもそう呼び、そう書くつもりでいるが、実際には彼の名はスコットランドの名によくあるように、発音からは思いもよらぬ **R-u-a-r-a-i-d-h** という綴りなのだった。

初夏のように暖かい日ざしのある春の日、わたしはロリーに恋をした。わたしは十六、ロリーは二十二歳だった。それはわたしにとって正真正銘の初恋だったが、わたしは心ここにあらずといった夢見心地になるかわりに、むやみと感じやすくなり、それまで気にも留めなかったものがたまらなく美しく思われだした。木々の葉や、花や、椅子や、お皿や、炉の火といった見慣れたものが突然、魔法の輝きをおびはじめたようで、どうしようもなく胸がうずいたものだった。

その春はずいぶん何回もピクニックに行った。湖で泳ぎ、テニス大会を計画し。中でもいちばん楽しかったのは、取りとめもなく、ただのんびりと過ごし、さりげないつきあいのうちにお互い同士を、それまでにもましてよく知るようになったことだった。お屋敷の前面の芝生に寝ころんで、毛鉤《けばり》のかわりに羊の毛を釣り糸の先にくっつけてキャスティングの練習をする仲間をぼんやり眺めたり、夕方、みんなで連れ立って近くの農場にミルクを取りに行き、母羊がなぜか構いつけない子羊（農場の奥さんが台所の炉のそばで飼っていた）に哺乳瓶でミルクを飲ませたり。

休暇が残り少なくなったある夜、ミセス・ファークワがちょっとしたパーティーを催してくださった。わたしたちはビリヤード室の家具を残らず運び出し、次から次へとレコードをかけてはリールを踊った。ロリーはキルトをはき、お父さんのものだったという、カーキ色のシャツを着て、わたしにリールのあたらしいステップを伝授し、息が止まりそうになるまでくるくると踊りまわった。パーティーが終わったとき、ロリーはわたしにそっとキスをした。でも翌朝にはもうロンドンに帰るはずだったし、わたしにはそのキスが愛情の表現なのか、さよならのキスなのか、どっちともわからなかった。

ロリーが行ってしまったのち、わたしは半ば夢でも見ているようにぼんやりして、毎日、彼の電話を、手紙を、待っていた。ロリーがわたし、つまりこのラヴィニア・ハンターなしには、もう一分だって生きられないというはげしい愛に目覚めるのではないかと望みをかけていたのだが、ロリーは結局、お父さんの会社にはいって、次のイースターにはもうラクランにはもどらなかった。春のお休みにはスキーに明け暮れているとかで、わたしはおしゃれなスキー服を着た、どこかのお金持ちのエレガントなお嬢さんと雪の斜面を仲よく滑っている彼を想像して、ねたましく、苦しかった。

あるときわたしはミセス・ファークワの書斎の本棚の古びたアルバムからはがれ落ちたロリーの写真を、そっと家に持ち帰った。アルバムを引き出したはずみで床に落ちたので、盗んだということにはならないと勝手に理屈をつけていた。わたしはその写真を日記にはさんだ。ロリーにはそれっきり会えなかったし、父が亡くなって、わたしたちも二度とラクランに行かなくなり、ロリーの消息を聞くことも絶えてなくなったが、写真はずっと大切にしていた。

今、ミセス・マクラレンの口からロリーの名前を聞いて、わたしは着古したキルト姿の彼を、その日に焼けた顔、黒い髪を思い出していた。

「ロリーはアメリカで何をしているんですの？」

「ニューヨークの会社で働いているそうですよ。お父さんも亡くなりましたしね。ミセス・ファークワのお具合もそれ以来、すぐれなくて。めっきり老いこまれたようでしたっけ」

「今では結婚して、何人もの子持ちになっているころでしょうね」

「いいえ、あなた、結婚なんか、してやしませんわ」

「ロリーのこと、すっかり忘れてましたわ」とわたしは嘘をついた。

「当然でしょうとも。看護婦さんといえば、立派な、でもたいへんなお仕事ですものねえ」

もう二言三言、言葉をかわし、チョコレートを少し買って、わたしはミセス・マクラレンに別れを告げて店を出て、お屋敷の方向に歩きだした。みちみち、チョコレートの銀紙をはがし、一口かじった。戸外でこんなふうに食べると、昔ながらのなつかしい味がするようだった。

「ちょっと寄るだけなら」とわたしは自分に言い聞かせた。「ベルを鳴らせば、付添いの看護婦が出てくるだろうから、ミセス・ファークワにお目にかかりたいと言ってみよう。追い返されてもともとなんだし」

買い物袋をさげて、通りをこっちにやってくる女の人がいた。このあたりの奥さんたちのお決まりのように頭にスカーフをかぶり、ツイードのスカートをはいて、泥のような、いやな色合いのキルティングのベストを着ていた。

「せっかく、ここまできたんですもの。ぜんぜん寄らずに帰るのも……」とわたしはなおぼんやり、自分の考えを追いつづけていた。

「まあ、ラヴィニアじゃありませんか！」

わたしもつられて立ちどまった。これで二度目だわ、ラヴィニアって呼びかけられるのは。わたしは顔をあげて相手を見やり、やれやれとうんざりした。

「こんにちは、ミセス・フェラム」よりによって、ミセス・フェラムとぱったり出会うとは。

わたしの母はめったにいないくらい、気だてのやさしいたちだが、ラクランの村でただ一人、最後まで好きになれなかった人というのが、このミセス・フェラムだった。弁護士のご主人が引退するとラクランに家を建てて、夫婦でここの住人になったのだが、ご主人の方はお酒を飲むときにも、「乾杯」のかわりに「当たり！」というくらい、釣りに目がなかった。ミセスはというと、うんざりするくらい有能で、村の奥さん連中を高級な芸術関係の講演に誘ったり、チャリティー・バザーのたぐいを計画しては誰彼なしに参加を強制したりした。人のいい村人たちは誘われるとむきつけに断るわけにもいかず、せいぜい慇懃《いんぎん》に応対しようと努力していたらしいが、彼女が主催する催しが採算が取れたことは一度もなかった。どうしてだろうとミセス・フェラムはいつも疑問に思っていたようだ。むろん村の奥さんたちは、「あなたの肝いりではねえ」なんて、失礼なことは言わないようにしていたが。

「驚いたこと！」とミセス・フェラムは言った。「あぶなく見違えるところだったわ。でも、どうしてここに？」

わたしがミセス・マクラレンに話したような事情を告げると、彼女は言下に言った。

「ねえ、これからわたしの家にいらっしゃいな。ライアネルにも会ってもらいたいし」あの「当たり」の君か。「今日は釣りの約束が流れて、あの人、ひどくくさっているのよ」

「ありがとうございます。でもあの――これからミセス・ファークワのお宅に……」

「ミセス・ファークワですって？」優に一オクターブは高い金切り声でミセス・フェラムは叫んだ。「あなた、まだ聞いていないの？　あの人、もう長くはないのよ！」

何てひどい！　わたしはそのしたり顔を思いっきりピシャリとぶってやりたかった。

「二カ月前に卒中で倒れて、昼も夜も看護婦が付きっきりだそうよ。会ったって、どうせ何もわかりゃしませんよ。丸太ん棒みたいに、ただごろんと寝てるだけですからね。わたしたち、できるだけのことはしてますけどね。お見舞いなんて、時間のむだでしょうよ。悲しいことよね、昔のあの人を思うと。昔のミセス・ファークワはすばらしかったわ。いつだって、村のために骨身惜しまずってふうでしたからね。誰彼かまわず大盤ぶるまいで。でもこうなると、あの人の大切なお友だちとかも、さっぱり寄りつかなくなってねえ。たった一人の身寄りのあのロリーは」ミセス・フェラムのボタンのような口がキュッと結ばれるのを、わたしは見た。「ニューヨークなんぞでぬくぬくと暮らしていて、いっぺんも顔を出さないんですから、ひどい話じゃありませんか。あのお屋敷も何もかも、いずれはそっくり、もらうんでしょうに……」

ロリーのことを、とくにステラ・フェラムの口から聞かされるのはたまらなかった。

「ごめんなさい。もう行きませんと。レルカークにもどるバスの時間まで、あまり余裕がないものですから」

「じゃあ、やっぱりお屋敷に行くつもりなのね？」わたしがこんなに言ってるのにと言わんばかりの口調だった。

「ええ」

「なら仕方ないわね。でもバスの時間までに少しでも間があったら、ぜひお寄んなさいな」

「もちろんですわ」と答えながら、わたしはフェラム夫妻の現代的なしつらえの家を思い浮かべた——一枚ガラスのはめ殺しの窓が雨の庭のたたずまいを映し、暖炉には電熱で赤々と燃える薪が演出され……「どうもありがとうございます」

わたしは後じさりするようにして、ミセス・フェラムから離れ、向きを変えると急ぎ足に歩きだした。ミセス・フェラムは、あの子、少しおかしいんじゃないかしらというように眉を寄せてわたしを見送っていた。まったくの話、我ながらどうかしているんじゃないかという気がしていたのだが。

ニューヨークでぬくぬくと暮らしているという、ロリーのことは考えたくなかった。帰ってこないとしたら、牧師さんの手紙に返事もよこさないとしたら、何か理由があるに違いない。わたしは冷えきった体が暖まるように急ぎ足で丘をのぼり、お屋敷の正門に通ずるせまい小道づたいに歩いた。丈の高い門は開いていたが、わたしは自動車道は通らずに自然園をぬける近道を行くことにした。ラッパスイセンが雨にぬれそぼち、かたく蕾《つぼみ》を閉ざしている様子を眺めながら、わたしは木々の下を歩き、鹿の猟場を区切る垣根に設けられている大きな門を開けた。その向こうは自然のままに任された草地で、ツツジと交配種のシャクナゲが植わっており、その先に芝生が母屋の前面の、砂利を敷いたテラスへと爪先上がりに続いていた。

靄《もや》の中に目をこらすと、見えてきた――お屋敷が。赤い石造りの古びた、ちょっと不細工な建物の片側に温室があり、正面玄関の上に胡椒壺のような形をした尖塔がそびえ立ち……玄関の外側の扉はやはり開け放たれていた。わたしは草の生い茂る斜面を上がり、砂利道を横切ってポーチに入ると、呼び鈴を押した。奥の方でジリジリと鳴っているベルの音を聞きながら、わたしは内側のガラス戸を開けてそっと足を踏みいれた。

ホールはしんとして、きちんとかたづいていた。片隅のテーブルの上には、昔はいつでも花がこぼれるほど活けてあったものだが、今はむきだしの殺風景さだった。静けさをやぶる、犬たちの吠え声も、子どもの呼びかわす声も聞こえなかった。松やにのそれに似たワックスの匂い、それにかすかに消毒薬の匂いも漂っていた（看護や病院とは切りはなせぬ匂いだったから、わたしはすぐそれに気づいた）。

わたしはホールの真ん中に進み出て、帽子をぬぎ、階段を見上げながら声を抑えて呼びかけた。

「どなたか、いらっしゃいませんか？」

二階の廊下で足音がした。看護婦のゴムのヒールがせわしなく床を踏む音でなく、もっとずっしりした、男の靴音だった。サンディ・リーキーが病室の炉の脇の籠《かご》に薪を入れて降りてくるところなんだわ、きっと――と思いつつ、わたしはじっと待っていた。

足音は階段を降り、中ほどの踊り場で止まった。ほのかに明るんでいる窓を背に影絵のように黒々と浮かんだのは、痩せた、猫背のサンディではなかった。キルトの上に厚手のセーターを着た、背の高い青年の姿であった。

「誰？」と声をかけたロリーは、振り仰いでいるわたしの顔に気づいた。視線が合い、長い沈黙が続いた。そしてわたしは自分の名が呼ばれるのを聞いた。「ラヴィニア!」その日、三度目であった。

わたしはただ一言、言った。「ロリー」

ロリーは手すりに手をつたわらせながら階段を降り、ホールを横切るとわたしの手を取った。

「信じられないな」と彼は言って、わたしの頬にキスをした。

「わたしもよ。だってあなたはニューヨークだって、聞いてたんですもの」

「二日前の晩、着いたんだよ。まだまる一日とちょっとだ」

「お祖母さまはいかが?」

「たぶん、もう長くはないと思うんだ」ステラ・フェラムとそっくり同じ言葉だったが、ロリーの口をとおして聞くと、むしろ、いいこと、心の安まることを聞かされたような感じだった。

「眠りかけているよ」と知らされたように。

「ミセス・ファークワにお目にかかれればと思ってきてみたんだけれど」

「どこから? いったい、どこからきたんだね?」

「レルカークから。わたし、看護婦としてはたらいているの——一カ月間、レルカークのあるお宅に住みこむことになって。まる一日、お休みが取れたんできてみたわけ。母がミセス・ファークワはご病気らしいって言ってたけど、快方に向かっていらっしゃるかもしれないと思って」

「祖母に付き添ってくれている看護婦さんは二交替制でね。昼間の担当のひとが今朝、レルカークに買い物に行きたいと言ったんで、車を貸して、留守の間、しばらくぼくが付いていることにしたんだよ」ちょっとためらってからロリーは言った。「ねえ、居間に行こう。火が焚いてあるし、あそこのほうが明るいしね。それに、きみ、びしょぬれじゃないか」

居間は確かにずっと明るい雰囲気だった。ロリーが薪を足すと、パチパチと音を立てて炎が上がった。わたしはぬれたアノラックをぬぎ、かじかんで赤くふくらんでいる手を火にかざした。
「きみたち一家のその後のことを聞きたいな」とロリーが言い、わたしは別れて以来のことを話しだした。話しおわるころには冷えこんでいた体もすっかり温まっていた。
時計が四時を打ったとき、ロリーはやかんを火にかけてくると立って行った。わたしは火のそばにすわって、幸せな気持にひたっていた。しばらくしてロリーはお盆に、ポットとカップとジンジャーブレッドのお皿を載せて戻ってきた。

「今度はあなたのことを聞かせて」

「話すほどのこともないんだよ。父の会社でしばらく働いていたんだが、父が亡くなってから、アメリカ勤務になってね。祖母の具合がよくないという知らせがとどいたときには、サンフランシスコに出張していたんだ。それでこっちに帰るのがおくれて」

「牧師さんからの手紙ね？」

アームチェアにすわって、お茶を注いでいるわたしの手もとにじっと目を注いでいたロリーはふとにっこりした。「ラクラン村の情報組織は、あいかわらず健在らしいね。誰に聞いた？」

「ミセス・マクラレンのお店に寄ったの。道でミセス・フェラムに会ったし」

「ミセス・フェラムか！　困ったひとだよ。しょっちゅう電話してきて、看護婦たちに説教するは、村の連中を当番制で手伝わせようと提案するは、ああしろ、こうしろとリーキー夫婦に指図するは、まったくこっちはいい迷惑さ」

「あのひと、ミセス・ファークワは丸太ん棒みたいにごろんと寝てるだけで、訪ねたって何もわかりゃしないなんて言ったのよ」

「それは、誰もあのばあさんを家に近づけないからさ。誰かが行ったたって聞くと、ひどくやきもちを焼いてね」

「悪気はないんでしょうけどね。少なくとも母はいつもそう言ってたわ。アメリカのことをもっと聞かせて」

「ああ、牧師さんから手紙をもらったんだが、ニューヨークに帰るまで何も知らずじまいでね。二日ばかりで用事をかたづけて、それからすぐ飛行機に飛び乗ったんだよ。そう長くはこっちにいられないんだ。二、三日で戻ることになるよ。祖母を残して行くのはつらいが、体は一つだしね。身寄りがたった一人というのは、こういうときにはつくづく情けないと思うよ」

「もしかしてお祖母さまが――もしもよ、亡くなったら、このお屋敷はどうなるの？」

「ぼくのものになるんだろうね。大した幸せ者ってわけだよ、ぼくは。しかしここを今後、どうしたものかと思ってね」

「ダイナミックな実業家を引退して、ここで農業をやるってのはどう？」

「あのライアネル・フェラムみたいに、酒を注いでは上機嫌で『当たり！』って叫んだりかい？」

「そうね」とわたしはちょっと考えてから言った。「いいえ、あなたはあの人のようにはならないわ、けっして」

ロリーはまたにっこりした。「実のところ、近ごろでは農業こそ、ダイナミックな産業なんだそうだよ。大学に入り直して、農学部でにわか勉強に励まないことにはね」

「そうする人はたくさんいるわ。サイレンシスター大学にでも入って、ジン・アンド・トニック・コースを取ればいいのよ。あそこじゃ、晩学の学生のためのコースをそう呼んでいるらしいわ――退役軍人なんかのためのコースですって」

「ずいぶん、くわしいんだね」

「母の家から、ほんの五マイルなのよ、あの大学は」

ロリーは声を上げて笑った。その顔は、わたしの記憶にある少年の日の彼と同じくらい若々しく見えた。

「そうすればもういっぺん、きみたちの近くで暮らせるわけだね。そいつはロバにとっては魅力的なニンジンだ。老いぼれロバとしても、気持が動くよ。じっくり、考えてみるだけのことはありそうだな」と言って、急にまた真面目な表情を浮かべた。「ぼくはね、世界中の何よりも、この屋敷につよい愛着をもっているんだよ。手放したくないんだ。あのころは楽しかったなあ。その気になれば、また昔のような生活ができるんだねえ。ミルクを取りに牧場に行ったのを覚えてるかい？　きみは哺乳瓶から子羊にミルクを飲ませていたっけね」

「わたしも思い出していたのよ、あのときのことを」

「夜になると、いっしょにリールを踊ったっけ……」

思い出話に花を咲かせているうちに時は移り、気がついたときにはもう五時だった。いつの間にそんなに時間がたったのかと、わたしはびっくりして立ち上がった。「ロリー、わたし、もう行かないと。バスに乗りおくれてしまうわ」

「送って行きたいけど、看護婦が車を使ってるし、それに、祖母を一人にはできないからね」ちょっとためらってからロリーは言った。「祖母に会って行くかい？」

わたしは彼の顔をじっと見返した。「わたし、ステラ・フェラムの同類にはなりたくないわ。でももういっぺんだけ、ミセス・ファークワにお目にかかりたくて。お目にかかってお話がしたかったの。でも今は――今はただ、さよならが言いたいだけ」

ロリーはわたしの手を取った。「だったらきたまえ」

わたしたちは手をつないで階段をのぼり、廊下を歩いた。廊下のつきあたりの部屋のドアが開いていて、消毒薬の匂いが一段とつよく漂ってきた。

色あせた、しかしひろびろとした、美しい寝室であった。若い花嫁としてお屋敷に嫁いできた夜からミセス・ファークワが寝起きしてきたその部屋は、今はいかにも病室らしくととのえられていたが、それでも訪れる者を歓迎するような温かいものが感じられ、女性の部屋らしいやさしさを失っていなかった。化粧台の上に置かれている銀色の柄のブラシ。あちこちに飾られている家族の写真、細長い窓の脇にキリリと絞られているフリルのついたカーテン。

ミセス・ファークワは目を閉じていた。いまだに美しいその面ざしは、わたしには晴れ晴れとした寝顔に見えた。リネンのシーツの上にひっそりと置かれている、肉のうすい、皺のよった手を、わたしはそっと取った。温かい手で、思いのほか、しっかりした脈拍が伝わってきた。

ミセス・ファークワはシルク・シフォンの裏をつけた、淡いピンクのシェトランド・レースのベッド・ジャケットを着て、かぼそい喉にサテンのリボンを結んでいた。彼女自身がたった今、結んだように愛らしく見えた。

「お祖母さま」とロリーがささやいた。眠っているとばかり、思っていたのに、ミセス・ファークワはうっすらと目を開けてロリーを見上げ、それからちょっと首をかたむけてわたしを見た。青い目は一瞬、うつろに、いぶかしげに見えたが、そのまなざしにゆっくりと光が宿り、「あなただったの」というように活き活きと輝いた。かぼそい指がわたしの手を握りかえすのが感じられ、唇に微笑が浮かんだ。低く、でもはっきりと、ミセス・ファークワはわたしの名を呼んだ。

「ラヴィニア！」

わたしたちがその部屋にいたのは、ほんの数分だけだったろう。一言、二言、言葉をかわすうちに、ミセス・ファークワはふたたび目をつぶってしまった。わたしは身をかがめて、その頬にキスをした。わたしの手を握っていた指がゆるむのを感じ、わたしはそっと手をひっこめて屈めていた背を伸ばした。

「さようなら」とわたしは小さく言った。ロリーがわたしの肩に腕を回し、戸口のほうに進ませた。

わたしは涙を抑えることができなかった。ポケットを探っていると、ロリーが自分のハンカチーフでわたしの顔を拭いてくれ、わたしはようやく涙をおさめた。居間に戻ってアノラックを着て帽子をかぶり、わたしはロリーに言った。「ありがとう、会わせてくださって」
「あまり悲しんじゃいけないよ」
「もう行かないと。バスに乗りおくれると困るから」

「ぼくも、おっつけ、ニューヨークに戻るよ」

「今後のこと、決まったら教えてね」

「ああ、はっきり決心がついたらね」

ホールを横切り、玄関のドアの外に出ると、空気はきたときよりいっそうしめっぽく、ひんやりとしていた。でもヒースと泥炭の匂いがそこはかとなく漂ってくるようで、空の一角の雨雲の向こうを、たった一羽飛びながら鳴いているらしいミヤコドリの声が聞こえた。

「一人で大丈夫かな？」

「もちろんよ」

「道はわかるね？」

「ええ」わたしは思わず微笑して手を差し出した。「さようなら、ロリー」

ロリーはわたしの手を取り、ぐっと引き寄せてキスをした。

「ぼくは『さようなら』は言わないよ。これっきり、会えないわけじゃないんだから。ただ、『じゃあね』って言うよ――アメリカ人がよくするように。『じゃあね、気をつけて』って」

わたしがうなずくと、ロリーはようやく手を放した。

わたしはくるりと彼に背を向けて芝生を横切り、木々の枝のつくる緑のトンネルの下に足を踏みいれた。そこここにツツジがかたまって生え、ラッパスイセンが雨上がりの最初の日光を、最初のぬくもりを受けようと、そよ風の中で小さな頭を振っていた。

湖に風を呼んだら

Whistle for the Wind

土曜の朝だった。チラチラと躍る日光が木々に照りはえ、丘の上を雲の影が追いつ追われつ、藍色の帯のように遠くかすんでいる海のほうへと動いていた。

ジェニー・フェアバーンは二頭の犬をしたがえて家路に向かっていた。湖を一めぐりし、くねくね曲がっている、歩きにくい農道づたいに帰ってきたので、快い疲れを覚えていた。廃墟となっている古い教会堂に隣りあう旧牧師館がフェアバーン一家の住まいだったが、北側は松林が風よけになり、南向きに並んだ窓のガラスが真昼の日ざしを浴びて、近づく者を歓迎するように光って見えた。

ジェニーは昼食のことをぼんやり考えながら、足取りをはやめた。空腹でもあった。ロースト・ラムのはずだっけ、お昼は。子どものように、口の中に唾がたまっていた。

ジェニーは二十歳。細身で背が高く、赤みがかったブロンドの髪と青白く見えるほどの白皙の細面は、生粋のハイランダーだった父方の祖母ゆずりだった。群青色の目、先がちょっと上を向いている、細い鼻、大きめの、表情ゆたかな口。にっこりすると顔全体が輝きわたるが、不機嫌なとき、落ちこんでいるときはむっつりとして不器量にさえ見えた。

はあはあ喘いでいる犬たちに裏手のポーチで水を飲ませると、泥にまみれたブーツを踵《かかと》をこすり合わせるようにして脱いだ。居間から、誰かと話している母親の声が聞こえた。電話の向こうの誰かとしゃべっているのだろう。父親はゴルフに行ったようで、車もまだガレージに戻っていない。

ジェニーは上履きをはかずに台所に入って行った。オーブンの中で焼けているロースト・ラムの匂いがした。ちょっとつんとする、ミント・ソースの匂いも漂っていた。

「ええ、ありがとう。伺うわ」と言いながら、母親は振り返ってジェニーに気づき、半ば機械的に笑顔を浮かべた。「ええ。六時半ごろでいいかしら？　みんなで伺っていいのね？　楽しみにしていますわ。じゃあね」受話器を下に置いて、母親はジェニーにほほえみかけた。「いい散歩だったようね？」

ジェニーはちょっと眉を寄せた。わざとらしいくらい明るい母親の声に、おやと思ったのだった。「誰なの、いまの電話？」

ミセス・フェアバーンはオーブンの前に立つと、ふたを開けて中をのぞいた。食欲をそそる匂いが台所中にひろがった。「ダフニ・フェントンよ」

「何か用でも？」

ミセス・フェアバーンはオーブンのふたを閉めて、屈めていた背を伸ばした。頰が上気していたが、オーブンの熱気のせいかもしれなかった。「今晩、一緒にカクテルでもどうかって」

「何かのお祝いなの？」

「いえ、お祝いってわけでもなさそうよ。週末でファーガスが帰っているんで、少し人を集めようと思ったんじゃないかしら。あなたには、とくにきてほしいんですって」

「行きたくないわ」

「行ったほうがいいと思うけど」

「用事があるって言っといて」

母親はジェニーに近よって言った。「あなたが気持を傷つけられているのはわかるわ。あんなにファーガスが好きだったんですものね。でも、いっそ早く気を取り直すことよ。ファーガスは来月にはローズと結婚するでしょう。あなたがそれなりに受けいれているってことを、早い時点でみんなに知ってもらう必要があるわ」

「あの人たちが結婚してしまえばね。でもそれまではだめ。それにあたし、ローズがどうしても好きになれないの」

母親と娘はどうしようもないというように、黙って顔を見合わせた。ちょうどそのとき、父親の車が門から入ってくる音がした。

「父さんのお帰りだわ。おなかがすいたって、きっと大騒ぎよ」とミセス・フェアバーンは言って、ジェニーの手の甲をそっと撫でた。「わたし、グレービーをつくらなくちゃ」

昼食後の皿洗いがすんだころ、フェアバーン氏は庭用の上下（自尊心のある庭師だったら、とてもじゃないが着ない代物だった）に着替えて落ち葉掃きをしようと外に出た。ミセス・フェアバーンはひと月前から取りかかっている居間用のカーテン作りをすませてしまうつもりだと言った。ジェニーは久しぶりに釣りに行こうと思い立ち、釣り竿とバッグを出して父親のお古の狩猟用のジャケットを羽織り、ゴム長をはいた。犬たちには、連れて行くわけにはいかないのだと言って聞かせた。

「車、借りていい？」と彼女は母親に訊いた。「何か釣れないか、湖までひとっ走りしてきたいの」

「どうせなら、夕食用に鱒《ます》を釣ってきてちょうだい。少なくとも三匹要るわね」

くすんだ色の湖面には、さざ波さえ立っていなかった。湖の一マイルほど下手で、草の生い茂っている小道が水際へと続いている。ジェニーは母親の傷だらけの小型車を、ヒースを掻きわけるようにして芝土の上にガタガタと弾ませた。小石まじりの半月形の岸辺の数フィート手前で車を止めると、ジェニーは釣り竿とバッグを取り出して、土手に片寄せられている小さなボートに近よった。しかしすぐにはボートに乗らなかった。

土手に腰を下ろして、ジェニーは静寂の中にじっと耳を凝らした。あるかなきかの、しかし実にさまざまな音が、それとない伴奏のように聞こえてきた。蜜蜂の羽音、遠くの牧場で羊が思い出したようにメーと鳴く声、そよ風の溜め息、水底の小石にさざ波が当たる音。ファーガスなら言っただろう。

「静かすぎるな。口笛を吹いて風を呼ぼうや」と。

ファーガス……ほんの小さな子どものころからジェニーの生活の一部だった男の子。あちこちにつぎの当たったジーンズをはいて海岸で貝殻を集めていた少年。着古したキルトをはためかせて丘を上って行った若者。仕立てのいいスーツを着た、都会慣れした、魅力的な若いビジネスマン。夏の日の湖のように青い目、つやつやした黒い髪のファーガス。口げんかをしたかと思うと、たちまち仲直りをして声を合わせて笑うことができる、心おきない仲間。いつもいつも友だちで、競争相手で、そして――そう――ついには世界中でいちばん大切なひととなったファーガス……

ジェニーより六つ年上だから、ファーガスは今年二十六歳のはずだ。父親は二マイル離れたインヴァーブリュイ農場のあるじのフェントン氏で、家族ぐるみのつきあいだった。「あなたがたって、ほんとの兄妹みたいねえ」と両家の知人は一人っ子のジェニーによく言った。しかしジェニーは知っていた。小さな妹に、何時間もかけて根気よく釣りのこつを教えてくれる兄さん、チャーミングな美しい娘がたくさんいるパーティーで、ぎすぎすした体つきの、世慣れぬティーンエージャーの妹を相手に何べんでも踊ってくれる兄さんなど、どこを探したっていないということを。

ジェニーがケントの寄宿学校に送られ、スコットランドが恋しくて、わが家に帰りたくて、矢も盾もたまらず、両親に何通も手紙を書いて、家から通える学校に移らせてほしいと泣かんばかりにせがんだとき、ファーガスはジェニーに口添えをして、一人娘の教育はイングランドでと決めていた両親を翻意させ、クリーガンのハイスクールに転校させてくれた……

「あたし、ファーガスと結婚するわ――いつか、きっと」とジェニーはひそかに心に誓って少女の日を過ごしてきた。「あの人があたしに恋をして結婚を申し込む。あたし、インヴァーブリュイ農場の奥さんになるんだわ、そのときがきたら」

ところがファーガスには農場をつぐ気はなく、会計士になる勉強をしたいと言ってエディンバラに行ってしまった。ジェニーの計画はいっとき霞《かす》んだが、彼女は自分でもびっくりしたくらい、あっさり考えを変えた。

「ファーガスはいつかきっとあたしに恋をして、結婚を申し込むわ。そうしたらあたし、エディンバラに行ってアン・ストリートあたりに彼と小さな家をもとう。そして彼と二人でコンサートに行こう」

本当のところ、ジェニーには都会の暮らしはあまりぞっとしなかったのだが、エディンバラなら譲歩できるという気がした。週末には村に帰れるし——そう思って心を慰めたのだが。

ところがファーガスは会計士の資格を取ると、ロンドンの本社詰めになってしまった。ロンドン？　このとき初めてジェニーは、ファーガスとの将来についていささかの心もとなさを覚えた。大好きな湖や丘をあとにしてロンドンで暮らすなんて、そんなこと、あたしに我慢できるかしら？

「ロンドンに行けばいいのに」ハイスクールの卒業式が迫ったある日、母親が言った。「友だちとフラットを借りてカレッジに通ってもいいし」

「とても我慢できないわ、ロンドン暮らしなんて。ケントのほうがまだましなくらいよ」

「だったら、せめてもエディンバラにお出なさいよ。少し家を離れてみるほうがいいと思うのよ、あなたの場合」

　というわけで、ジェニーはエディンバラで速記とタイプを習い、フランス語の勉強を始めた。暇なときは美術館や画廊を回り、ホームシックにかかると、アーサーズ・シートの丘にのぼって、故郷のベン・クリーガンの頂上にいるつもりになった。

　イースターまでに秘書の養成課程を修了し、免状もちゃんともらい、なつかしのわが家に帰ることになった。ファーガスもたぶん帰省しているだろう。あの人、あたしが変わったと思うかしら？

　そうね、小説の中だと何気なしにちらっと見て、それからまるで初めて会ったみたいにワクワクするのよね――そしてファーガスも気づくんだわ、あたしにはずっと前からはっきりわかっていたことに――二人が先々結ばれるためにこの世に生まれたんだってことに。捉えがたい夢だったものが、残らず現実となって……そうなったらたぶん、ロンドンで暮らさなきゃならなくなるでしょうけど、でもファーガスがいないんじゃ、どこで暮らしたって味気ないに決まってるもの。

列車がクリーガン駅に入ったとき、窓から首を出したジェニーは、迎えに出ているのがいつもと違って父親でなく母親だと気づいて、ふしぎに思った。

「お帰りなさい！」二人は抱きあってキスをかわした。

駅の外はすでにたそがれていて街燈がともり、かすかに丘のにおい、泥炭のにおいがした。母親の車は町はずれで脇道に折れ、インヴァーブリュイ農場の前を過ぎた。

「ファーガスも帰っていて？」

「ええ。お友だちといっしょにね」

ジェニーは頭を振り向けて、母親の端正な横顔をみつめた。「お友だち？」

「ええ。ローズという名で、テレビで売り出し中の女優さんですって。あなたもテレビで見たことがあるんじゃないかしら」お友だち、女優？「ファーガスは二カ月ばかり前に紹介されたんですって」

「お母さんも会ったの——その——ローズってひとに？」

「まだよ。でもわたしたちみんな、明日の晩、インヴァーブリュイに招待されているわ」

「でも——でも……」言葉にならないショックと侘しさに、ジェニーは口ごもった。ミセス・フェアバーンは車を道端に寄せて止め、娘のほうに向き直った。

「それだからわたしがきたのよ、あなたを迎えに。少し話しあっておきたいと思って」

「ファーガスがロンドンから誰かを連れて帰るなんて、あたし……」

われながら情けないくらい、子どもっぽく聞こえる抗議の言葉だった。

「でもねえ、ジェニー、ファーガスはあなたの占有物じゃないのよ。あたらしいお友だちができるのは当然だと思うわ。ファーガスはもう大人なんだし、それなりの生活だってあるわけでしょうからね。あなたにもあなた自身の生活があるように。子どものころを振り返って、なつかしんでばかりはいられないんじゃなくて？」

「あたし、ほんとにファーガスが好きなのに」

「わかっててよ。辛いだろうと察しもつくわ。初恋って、場合によってはとても苦しいものだから。でもねえ、ジェニー、歯を食いしばってでも耐えなくちゃ。あなたがどんなに情けない思いをしているか、ほかの人に気づかせてはだめよ」母親と娘はしばらく言葉もなく向かい合っていた。「いいわね？」

ジェニーがうなずくのを見て、ミセス・フェアバーンは車を発車させた。

「ファーガス、結婚するつもりなのかしら」

「さあ。ダフニの話では、どうやらそんな形勢のようだけど。ファーガスは最近ウォンズウォスに家を買ったそうよ。ローズはいま、ソファーのカバーをつくってるとか」

「それって、よくない前兆？」

「よくないってことはないけど、意味深長ではあるわね」

車が門を入ったとき、ジェニーは座り直して言った。「あたし、好きになれるかもね——その——ローズってひと」

「そうよ。好きになれるかもしれないわ」と母親は答えた。

ジェニーは努力した——ローズを好きになろうと。ローズに会ってわかったのだが、彼女はテレビ・ドラマに出演したローズを見ていた。看護婦に扮したローズはたしかに美しかったが、ひどく退屈そうなひとだと思ったのを、ジェニーは覚えていた。ハート形の小づくりの顔に歓喜から絶望まで、さまざまな表情を浮かべ、苦悩を表現しようと育ちのよさそうな声をかすかに震わせて演技していた。
現実の彼女も確かにあでやかだった。黒い絹糸のような髪が肩のあたりでゆるやかにカールし、ビーズとスパンコールをあしらったローウエストのドレスを着ていた。

「あなたのことは、ファーガスからいろいろ聞いていたのよ」紹介されると、ローズはすぐに言った。「ほとんど兄妹みたいに一緒に育ったんですってね。あなたのお父さまも農場をもっていらっしゃるの？」

「いいえ、クリーガンの銀行のマネージャーよ」

「じゃあ、ずっとこの土地で？」

「ええ、生まれも育ちもね。冬中、エディンバラで過ごしたあとでここに帰ってこられて、ただもううれしくて」

「こんな――辺鄙《へんぴ》な土地でずっと暮らして、ときには少し退屈しないこと？」

「ぜんぜん」

「これからはどういう計画？」

「決めていないわ」

「ロンドンにいらっしゃいよ。この地上でロンドンほど、すばらしい都会はないって、あたし、いつもファーギーにそう言ってるのよ。ねえ？」誰かと楽しそうに話しこんでいたファーガスの腕に手をかけて、半ば無理やり、ローズは自分の脇に引き寄せた。「ダーリン、あたし、ジェニーにロンドンにいらっしゃいって誘っていたところ」

ジェニーはファーガスと目を合わせてにっこりした。さりげなく振る舞うのが思いのほかやさしいのに、われながらびっくりしていた。

「ジェニーは都会暮らしが嫌いなんだよ」とファーガスが言った。

ジェニーは肩をそびやかした。「まあ、趣味の問題でしょうね」

「でも一生、ここで暮らすなんて」とローズがとても信じられないというように言った。

「少なくとも夏の間はそうするつもりよ」と、まったくとっさに心を決めてジェニーは答えた。

「さしあたってはクリーガンの観光客向けの店で働こうと思ってるの。ねえ、そんなことより
ファーガス、ウォンズウォスに家を買ったんですって？」

「ああ」とファーガスが答えたとたん、ローズがかたわらから話を引き取った。

「そりゃあ、すてきな家よ。そう大きくはないけど、日当たりがとてもいいの。ちょっと手を入
れれば申し分なしだと思うわ」

「庭はあるの？」

「いいえ、でもウィンドーボックスが一つ二つあるから、ゼラニウムを植えてもいいって話しあっ
てるの。真っ赤なのをね。マジョルカとか、ギリシアにいる気分になれるように。ねえ、ダーリ
ン？」

「きみの好きにしていいよ」とファーガスは答えた。

真っ赤なゼラニウム。ファーガスは本当にローズに夢中なんだわ。突然、ジェニーはいたたま

れない気持になった。それで口実をもうけて二人のそばを離れ、それっきり、どっちとも話さなかった。

次の日、ファーガスがジェニーの家にやってきた。ジェニーは四阿《あずまや》の大掃除をしているところだった。「ジェニー」

ジェニーは藺草《いぐさ》のマットの埃をたたき出していたが、一瞬、身をかたくした。「何の用？」やっと気を取り直して、彼女はぶっきらぼうに訊いた。

「きみに会いたいと思ってさ」

「ご親切なのね。ローズはどこ？」

「家で髪を洗ってるよ」

「へえ、そんな必要なんかなさそうな、手入れのいい髪だと思ったけど」

「ジェニー、話しあおうじゃないか」

ジェニーはわざとらしく大きく溜息をついて言った「事柄によりけりだけど、まあ、いいわ」

「わかってほしいんだよ。現実を見きわめてもらいたいんだ。ぼくはね、きみが腹を立てているのがやりきれないんだ。少なくともちゃんと話ができる友だち同士でいたいんだよ——お互いに」

「このとおり、話しあっているじゃないの」

「ぼくら、今でも友だち同士だよね？」

「そうね、いつまでもね。相手にどんな仕打ちをしようが」

「ぼくが何をしたって言うんだい？」

ジェニーはファーガスを睨《にら》みつけて、手にしていた藺草《いぐさ》のマットを投げ出すように下に置いた。

「わかったよ。きみはローズを嫌っているんだね。どうせなら、正直にそう認めたらいいだろうに」

「好きも嫌いもないわ。よく知らないんですもの」

「だったらちょっと不公平じゃないかなあ、彼女とぼくのことについて——頭ごなしに決めつけるのは」

「あたし、ただあの人とは何の共通点もないって感じてるだけよ」

「クリーガンでくすぶってるのはどうかと思うって、彼女が言ったからだろう？」

「あの人の知ったことじゃないんですもの」

ファーガスも今は彼女と同じくらい、かっとなっているらしく、むっつり口を結んだ。ジェニーは逆に、奇妙な快感を覚えていた。自分の胸の痛みが少し楽になったような気さえしていた。

「ジェニー、きみはずっとここで暮らし、ツイードのスカートをはいた、田舎のおばさんを一生やってたらいい。話題といえば、犬のこととか、釣りのことがせいぜいのおばさんをね」

ジェニーはやにわに向き直った。

「田舎のおばさんのほうがよっぽどましじゃないかしら、おちょぼ口をした、三流どころの女優で終わるより？」

ファーガスは笑った。ジェニーと一緒に笑っているのでなく、彼女のことを笑っているのだった。「ハハン、やいているんだね？　きみって、どうかすると手のつけようがないんだから！」

「あなたのほうこそ、手のつけようのないお馬鹿さんだわ――いままで気がつかなかったのがふしぎなくらいよ」

ファーガスは唐突に背を向けて歩み去った。その後ろ姿を見送るうちに、ジェニーの胸に燃えさかっていた怒りは急速度で冷めていた。いったん口に出してしまった言葉は、二度とひっこめられない。何もかもおしまいだわ。

ジェニーはクリーガンの町の店につとめはじめた。観光客を相手に、シェトランド・ウールのプルオーバーや美しい小石をみがいてつくったネックレスやペンダントを売っている店だった。ファーガスとはあれ以来没交渉だったが、七月のある日、母親から、ファーガスとローズが婚約し、九月にローズの両親の住むロンドンで結婚式をあげることになったと聞かされた。ごく内輪の式で、ロンドンに住む友人数人が出席するだけだということだった。

今夜のカクテル・パーティーはたぶん、こっちの友だちを集めての前祝いだろう。あたしには出席する勇気がない――とジェニーは思った。あの二人が結婚してしまえば、話はべつだが。ひと奮発して外国にでも行こう。アルプスの山の家で働くか、ヨットのコックとしてやとってもらうかして、とにかくこの土地から出て行こう。

寒くなってきたみたい。いつまでもこうしていたってしょうがないわ。それにさしあたっては夕食用に鱒《ます》を釣って帰らなければ。

ジェニーは立ち上がって土手を降り、ボートの綱をほどいてオールを取ると、湖の真ん中へと漕ぎだした。

釣りでありがたいのは、釣りをしている間は、ほかのことは何一つ考えずにいられることだ。ジェニーは湖のずっと上手へとボートを進め、オールをあげると、折から起こった風のまにまに岸のほうに漂わせた。湖面に波が立ちはじめており、ジェニーは釣り糸を湖に投げ入れた。

一台の車が道路をこちらに近づいていたが、ジェニーは湖面を一心にみつめていて、ろくに注意を払わなかった。一度、二度と強い当たりを感じて、ジェニーは静かにリールで釣り糸を巻き取りはじめた。頃あいを見はからって網で魚をすくい上げ、ボートの中に投げいれたとき、後ろから声がかかった。

「うまいぞ！」

驚いて顔を上げると、思いがけないことがいくつか起こっていた。気づかぬうちに風でボートが岸辺から数ヤードのところに吹きもどされていたというのが一つ目。さっきの車がその岸辺に止まっていたのが二つ目。そしてファーガスが土手に立ち、こっちの様子に目を注いでいたのだった。

ファーガスは無帽で黒い髪が風を受けてそよいでいた。コーデュロイのズボンの裾を緑色のゴム長の中に押しこんでいるのを見てジェニーは、偶然通りかかったのかしらといぶかしんだ。それともなぜパーティーにこないのかと詰問しにきたのか？　口げんかはもうたくさんだわ。たぶん、どっちにとっても苦痛な、最後の言い争いになるだろう。そのくらいなら、これっきり話す機会をもたないほうがいい。

ファーガスはにっこり笑って、もう一度言った。「すごいよ。ぼくだって、ああうまくは行かなかったと思うよ」

ジェニーはそれには答えずに、釣り糸を巻き取りつづけ、毛鉤《けばり》を確保すると、釣り竿をボートの底にそっと横たえて、初めて顔を上げてファーガスを見やった。

「いつから見てたの？」

「一〇分くらい前からね」と言って、ファーガスはツイードのジャケットのポケットに両手を突っこんだ。「きみのお母さんから、きみが湖に行ったと聞いたんでね。ちょっと話がしたくて」

「何の話よ？」

「お互い、つっぱるのはもうやめにして、ねえ、仲直りをしないか？」

ちょっと考えてからジェニーは答えた。「いいわ」

「ボートをもう少し寄せてくれれば、乗りこめるんだが」

ジェニーはすぐには動こうとしなかったが、ちょうどそのとき、風でボートがまたもう少し、岸のほうに吹き寄せられた。彼女はまだためらっていたが、船底が石か何かにドシンと当たった。

ファーガスはザブザブと水の中を歩いてボートのへさきを掴《つか》むと、片足をボートの中に入れ、かるがると身をおどらせて乗りこんだ。

「さあ、オールをこっちにくれないか」

ほかにどうしようもなかった。オールが一度、二度と水を切ったと思うと、ボートは向きを変えて、たちまちまた湖の中心部に向かって滑りだしていた。一〇分ほどたったとき、ファーガスはまわりを見回して、もうよかろうというようにオールをボートの中に上げて、冷たい風に初めて気づいたようにジャケットの衿を立てた。

「少し話しあおうじゃないか」

どうせなら先に口を切って、もやもやを取り払ってしまおう——とジェニーは思った。

「母から、今夜のパーティーにあたしが行きたくないって言ってること、聞いたんでしょ？　話しあおうって、そのことじゃないの？」

「それもあるけど、ほかの話もしたいんだ」

もっと何か言うかと待っていたが、ファーガスはそれっきり黙ってしまった。間の横木ごしに顔を見合わせて、それから二人は同時ににっこりした。ジェニーは突然ふしぎな満足感が胸を満たすのを感じていた。こんなふうに湖の真ん中でファーガスと向かい合うのは、本当に久しぶりだわ。見慣れた丘の連なりがはるかにまわりを囲み、青空が頭上に大きなアーチをつくり……素直な気持で話せそうだ——というか、自分に正直に話すことができるんじゃないだろうか。

「ただ行きたくなかったの。ローズともう一度顔を合わせるのがいやだったし。あなたがたが結婚してしまったら別よ。でも今は……」と言って肩をそびやかした。「臆病なのね、あたし」とあっさり認めた。

「きみらしくないな」

「いつものあたしとは違うのよ、たぶん。ひねくれてて、言うこと、なすこと、裏返しになるみたいで。あなた、言ったわね、四阿《あずまや》で——あたしが嫉妬しているんだって。その通りだったのよ。あたし、これまであなたのことを、自分のものみたいに考えてきたんじゃないかしら。もちろん、間違ってるわよね、そんな考えかた。どんな人でも他人の所有物じゃないんですもの——結婚したあとだって」

「だが、どんな人間も孤島ではないというのも真理だからね」

「ええ。でもあたし、どんな人でも一部はいつも離れ島だって思ってるのよ。他人の頭の中にまで忍びこむことは、誰にもできないんだって」

「そう、それはできないな」

「いつまでも子どもではいられないのと同じようにね。誰でもいやでも大人になっていくんですものね」

「クリーガンの店で働くって言ってたね？」

「ええ、でも十月には閉店するそうだから、うまいこと、どこか遠いところに割のいい仕事をみつけようと思ってるの。アメリカとか、スイスとか」と言って苦っぽく微笑した。「それだったらローズも感心するでしょうね」

ファーガスは答えずに、はっとするほど深い青い目をまじろぎもせずにジェニーの顔に注いでいた。

「ローズは元気？」とジェニーは訊いた。それが礼儀だと思ったからだった。

「さあ、たぶんね」

ジェニーは眉を寄せた。「たぶんって――こっちにきているんでしょ？」

「いいや」

「だって、ファーガス」一羽のダイシャクシギが二人の頭上を飛びながら憂鬱そうに一声鳴いた。

パシャリとボートに波の当たる音がした。「母が……」

「お母さんは思い違いをしていらっしゃったんだ。ぼくの母はローズがきているとは言わなかったはずだ。婚約は解消したんだよ。つまりぼくらは結婚しないってことさ」

「結婚しないって――つまり――でも母さん、なぜ、あたしに言わなかったのかしら」

「ぼくがまだ両親にさえ、話していないからだよ、そのことについては。真っ先にきみに知らせたいと思ったんでね」

真っ先にきみに――泣きだしてはいけない。赤ん坊みたいに泣きだすんじゃないのよ、ジェニー――そう必死で自分に言い聞かせながらジェニーは口走った。「でもどうして？　どうしてなの、ファーガス？」

「さっき、きみが言ったとおりだからさ。どんな人間も他人の所有物じゃないからだよ」

「愛してたんじゃなかったの、ローズを？」

「ああ、愛していたよ、とてもね」率直な告白だったが、ジェニーは嫉妬を感じていなかった。むしろ、ファーガスの願いが実らなかったことを、彼のために残念に思っていた。

「だが結婚って、お互いの生活をわかちあうことでもあるからね。ローズの生活とぼくの生活とは二本の線路のように、どこまで行ってもまじわらない平行線だったのさ」

「いつ、気がついたの、それに？」

「つい二週間前だよ。それでこの週末に帰ってきたんだ。とにかく両親に説明しなければと思ったし、傷心をいだきしめて自殺寸前ってわけじゃないんだってことも知ってほしかったしね」

「ほんとに？」

「そりゃまあ、少しはめげているが、黙っていても顔に出るってほどじゃないよ」

「ローズはあなたを愛していたんでしょ？」

「たぶん、少しはね」

ジェニーはちょっとためらってから言った。「あたしは、あなたを愛しているのよ——とっても」

今にも泣きだしそうな顔をしたのは、今度はファーガスだった。「ああ、ジェニー！」
「そのこと、知っててもらってもいいんじゃないかと思ったの。いえ、ほんといって、あなたにはずっとわかっていたんじゃないかしら、あたしがあなたを愛しているってことが。こんなこと、人に言えるなんて思いもしなかったわ。とくにあなたにはね。でもどうしてだか、言ってしまっ

た。するっと口から出てしまった。だけどわかってちょうだい。それだからって、あなたの方では何をする必要もないのよ。あたしがどう思っていようが、事情が変わるわけじゃないんですものね。あたし、やっぱりすばらしい仕事を見つけて、このクリーガンからもっと広い世界に出て行くつもりよ」

こう言ってジェニーはにっこりした。たぶんファーガスも微笑を返してくれると思ったのだが、予期に反して彼の顔は笑みくずれなかった。彼は長いこと、黙ってジェニーの顔をじっとみつめていた。悲しみのあふれるその目の表情に、ジェニーの笑顔は消えた。

ファーガスはぽっつり言った。「お願いだ。クリーガンを出て行ったりしないでくれたまえ」

ジェニーは眉を寄せた。「でもファーガス、あなたはそれを望んでいたんじゃないの？　あたしがクリーガンを出て、自分の足で立つことを願っていたんじゃないの？」

「きみがどこかに行ってしまうなんて、自分の足で立つなんて、いやなんだよ。たまらないんだ」

「自分の足で立たなきゃ、誰の足で立てって言うのよ？」

ジェニーの唐突な問いが、気づまりな空気を吹きはらってくれた。ファーガスは一瞬、あっけに取られたように押し黙り、それから笑いだした。彼女よりも、自分を笑っているようだった。

「さあね、ぼくの足で立ってくれって言いたかったんじゃないかなあ。きみは長いこと、ぼくの生活の一部だった。だからきみが今さらどこかに行ってしまうなんて、ぼくらみんなを置いて、いや、このぼくを置きざりにして遠くに行ってしまうなんて、たまらないんだよ。きみがいなくなったら、ぼくの生活はおそろしく退屈なものになってしまうだろう。言いあいをする相手がいないんだからね。怒鳴りつける相手、ぼくを笑わせてくれる相手がいなくなってしまうんだからね」

ジェニーはちょっと考えてから言った。「あたしに少しでも自尊心があったら、よその土地に行くほかないはずじゃなくて？　ほかの人との婚約を解消したからきみと結婚することにしたって言われたら、当然そっぽを向くはずだけど」

「きみに少しでも自尊心があったら、そもそもぼくを愛しているなんて、言わなかったんじゃないかなあ」

「あなたにはもちろん、わかってるはずだと思っていたんですもの」

「ぼくにわかっているのはただ、きみはローズよりずっと前から、ぼくのそばにいたってことだけだよ」

「だったら、ローズは何だったの？」

ファーガスはふと沈黙し、それから考え考え言った。「会話と会話のあいだの間《ま》かな」

「ああ、ファーガス！」

「これは――つまり――きみへのプロポーズなんだよ。ぼくら、遠回りをしすぎたみたいだね。

ずっと前に気がつくべきだったのに」

「いいえ」とジェニーは急に考えぶかい口調になって言った。「ずっと前だったら、あたし、あなたを自分の占有物みたいに思っていたでしょうね。でも今は違うわ。どんな人間もほかの人に属することなんかできないんだってことが、誰かのものになりきるなんて不可能だってことが、今のあたしにはよくわかってるの。何かをなくしそうになったときに、はじめてわかるものなのねえ――失いかけているものがどんなに貴重か」

「ぼくにもそれがわかったんだよ、やっと。ぼくら二人がほとんど同時にそれに気がついたってのは、じつにありがたいことだよね」

湖の真ん中に漂っているボートの中は底冷えがして、ジェニーは思わず身を震わせた。

「寒そうだね。もう帰ろうか」と言ってファーガスはオールを取り上げると、肩ごしに方向を見定めてボートをぐるっと回した。

ジェニーは急に思い出して言った。「だめよ、まだ帰れないわ。あたし、夕食用に鱒《ます》を三匹、釣って帰ることになってるの。まだ一匹しか、釣っていないんですもの」

「夕食の支度なんか、どうでもいいよ。今夜はみんなで外で食事をしよう。きみの家族とぼくの家族とで、クリーガン・アームズで晩餐会としゃれようじゃないか――ぼくのおごりでね。シャンパンを注文して、婚約発表のパーティーにしてもいいね――きみがいやでなかったら」

ボートはさざ波の上をかすめて、まっしぐらに岸辺に向かっていた。口笛を吹いて呼んだような風が後方から吹き、ジェニーはジャケットの襟を立てて、大きなポケットに両手をつっこみ、愛するひとにほほえみかけた。

「いやじゃないわ。いえ、とってもうれしいのよ、あたし」

気がかりな不在

Playing a Round with Love

そう、この日、二人の生活は本当の意味でスタートしたのだ。ハネムーンはすでに過去となり、その朝、ジュリアンはロンドンのオフィスの仕事に復帰した。そしていま彼は、パットニーの新居に向かってまっしぐらに車を走らせているのだった。

結婚してもう何年にもなる夫のような何気なさで、ジュリアンはポケットの鍵を探った。しかし鍵穴に鍵をいれないうちにアマンダがドアを開けた。わが家に足を踏みいれ、そのわが家のドアをきっちり後ろで閉ざし、いとしのわが妻を抱きしめる。ああ、何たる幸せ！

やっと口がきけるようになったとき、アマンダが言った。「いやあね、あなた、まだコートを着たままよ」

「その暇がなかったんだよ」

うまそうな匂いがした。アマンダの肩ごしにジュリアンは、二人が食堂として使うことにした小さなホールのテーブルに夕食がととのえられているのを見た。ウエディング・プレゼントのグラスとマットが並び、彼の母親から譲られた銀製のナイフとフォークがやわらかな照明を浴びてキラキラと輝いていた。

「だって、ジュリアン……」

ジュリアンは両手の下にアマンダの肋骨《ろっこつ》を、細いウエストを、ヒップの曲線を感じていた。

「しっ、静かに！　ぼくは今、大切なことからかたづけたい気分なんだからね……」

翌朝、オフィスに着いてしばらくすると、机の上の電話が鳴った。トミー・ベナムだった。「きみがロンドンに戻って、うれしいよ。土曜日のウェントワース、当てにしてるぜ。ロジャーとマーティンを誘ったからね。十時にスタートだ」

ジュリアンはすぐには答えなかった。

アマンダはトミーのことも、ゴルフのことも承知していた。婚約前も婚約後も、土曜日は、そしてときによっては日曜日も、彼がゴルフに当てていることをあきらめに似た気持で受け入れているらしかった。しかしこの土曜日は結婚して最初の土曜日だった。アマンダはその日を、二人で過ごしたいと思っているかもしれない。

「そのことだが、トミー、今度の土曜日は——ちょっとね」

とたんにトミーは噛みつくように言った。「どういう意味だ、そいつは？『ちょっとね』って——具合がわるいって言いだすんじゃないだろうね？ 結婚したからって、まさかライフスタイルまで変える気じゃあるまい？ それに、アマンダはこれまで一度だって文句を言わなかったじゃないか。いまさら、どうして？」

そりゃまあ、そのとおりだ。「アマンダに話してみるよ……」

「相談をもちかけるのは感心しないな——わかってるね？ 意見をもとめるこたあない。既成事実として宣言するんだ。いいね、十時だよ」

「ああ、わかってる。ただ……」

「ようし、これで決まりだ。じゃあね！」

トミーは電話を切った。

その夜、家に帰る途中で、ジュリアンは花屋に寄って花束をつくらせた。

「彼女、きっと喜ぶぞ」とジュリアンは強いて自分に言い聞かせた。

「いや、見たとたんに気をまわすかもしれないよ」と頭の中の皮肉な声がささやいた。「オフィスのタイピストか何かとよろめいて、気がとがめているんじゃないかって」

「そんなばかな！　アマンダはちゃんと知っているんだよ、週末はぼくはゴルフだって。ただ──何かこう後ろめたいんだよな、結婚して最初の週末だし。しかしまあ、トミーの言うことにも一理ある。既成事実として宣言するほうがいい。結婚したからって、確かにライフスタイルまで変えることはない。妥協はいいよ。だが習慣をすっかり変えちまうってのは、感心しない」

「妥協ねえ。だがどっちが妥協するんだね？」と例の声が言った。「アマンダか、おまえか？」

ジュリアンはそれには答えなかった。

結局のところ、彼は真っ正直に新妻にぶつかった。彼が帰ったとき、アマンダは庭に出ていた。顔にちょっと泥がつき、ブロンドの髪が乱れて顔に垂れかかっていた。ジュリアンは後ろにかくしていた花束を、手品師のようにさっと差しだした。

「花なんか、買ったのはね、きみにひどいことをしたような気がしてるからなんだよ。トミーが電話をしてきたんで、土曜日に一緒にゴルフをしようって、つい約束しちまってさ。それで良心がチクチクと痛んでね」

アマンダは花束に顔をうずめて匂いをかいでいたが、びっくりしたように顔をあげて笑いだした。「でも、良心が痛む必要なんか、ぜんぜんないのに」

「きみ、怒らないんだね？」

「あなたが土曜日にゴルフをするのは、これが初めてってわけじゃないんですもの」

何てものわかりがいいんだ、ぼくの奥さんは！　いとしさがこみあげて、ジュリアンはアマンダを抱きしめて、熱いキスの雨を降らせた。

土曜日は上天気だった。ウェントワースは日光をいっぱいに浴び、緑のビロードのようなフェアウェイがゴルファーを歓迎するようになだらかにひろがり、トミーと組んだジュリアンは終始、上々の首尾だった。

わが家に向かって車を走らせながら、ジュリアンの胸は鷹揚《おうよう》な、喜ばしい思いに満たされていた。アマンダと一緒に外で食事をするつもりだったのだが、帰ってみるとアマンダが得意のムーサカをつくっていたので、ワインを開けてディナーは水入らずでということになった。

アマンダは、ハネムーンのニューヨークで彼と選んだカナリア色のカフタンを着ていた。ブロンドの髪が、淡い色の絹のカーテンのように肩を覆っていた。

「コーヒー、入れましょうか?」

ジュリアンは手をのばして、絹糸のような髪の先をまさぐった。「コーヒーはあとでいいよ……」


次の土曜日も、その次の土曜日も、ジュリアンはゴルフに行った。そのまた次の週には予定が変わって日曜日ということになったが、ジュリアンはこの変更をしごく無頓着に受け入れた。

「この土曜日にはゴルフに行かないよ」とジュリアンは妻に言った。「そのかわり、日曜日に出かけることになってね」

「日曜日ですって？」

「ああ」ジュリアンは二人のグラスにワインを注ぎ、夕刊を手にアームチェアにどっかり腰をおろした。

「なぜなの？」

株式市況欄に目を走らせていたので、ジュリアンは妻の声音の微妙な変化に気づかなかった。

「え？　ああ、トミーが土曜日は用事があるとかでさ」

「でも日曜日には二人して、あたしの実家の両親を訪ねることになっていたんじゃありませんでした？」

「何だって？」ありがたいことにアマンダは怒ってはいないようだった。少し切り口上ではあったが。「ごめん、忘れていたよ。だがお父さんもお母さんも、わかってくださるだろう。電話して、べつな週末に伺うって、そう言ってくれたまえ」

こう言って、ジュリアンはふたたび株価の研究にもどった。アマンダはそれっきり、何も言わなかった。

日曜日はさんざんだった。一日中、少しのやみ間もない雨降りで、おまけにトミーは二日酔いの気味、ジュリアン自身も何とも冴えないプレーぶりで、「一、抜けた」とばかり、クラブを投げだしてそれっきりほかのスポーツに乗りかえたくなるくらいだった。不機嫌な、憂鬱な気分で帰ってみると家はからっぽ、いらいら気分は消えるどころか、いっそう拍車がかかった。

ジュリアンは家の中をほっつき歩き、所在なさに二階に行って風呂に入った。浴槽につかっているとき、アマンダが帰ってきた。

「どこに行ってたんだ？」とジュリアンは詰問した。

「実家よ。行くって言ってたでしょ？」

「どうやって？　車はぼくが使っていたのに」

「あら、もちろん、電車でよ。帰りは親切な人に送ってもらったわ」

「どこに行っちまったのかと心配したよ」

「そう、でも、もうおわかりよね？」とアマンダは軽く形ばかりのキスをした。「あなたの方の話は聞かないでもわかってるわ。ひどい一日だったらしいわね」

ジュリアンはかっとなった。「どうしてわかる？」

「目に輝きがないからよ。あなたって、何かがうまくいったときは、子犬が尻尾を振るみたいにうれしそうなんですもの」

「夕飯は何だい？」

「スクランブルド・エッグよ」

「スクランブルド・エッグ？　おいおい、ぼくは腹ぺこなんだよ。昼にサンドイッチを食っただけなんだ」

「ところがあたしは豪勢なランチをご馳走になって、おなかがまだいっぱいなの。だから夕食はスクランブルド・エッグってわけ」こう言って、アマンダはドアをピタリと閉ざした。

正真正銘、最初の夫婦げんかであった。いや、けんかとまでは行かない。常時お熱かった二人の間の温度が、ここへきて数度低下したというだけのことだった。それでもジュリアンは言いようもなく惨めな気持になり、翌日の会社の帰りにまたまた花束を買いこみ、帰宅すると、くつろぐ暇もなく妻を抱き、外に晩餐に連れだした。
努力の甲斐あってすべてはふたたび正常に復し、トミーが次の土曜日のゲームについて電話してきたとき、ジュリアンは二つ返事で承知した。

その夜、帰宅すると、アマンダは脚立の上に乗っかって、浴室の天井に白いペンキを塗りたくっていた。

「いったい、何を始めたんだい？　落っこちないでくれよ」

「大丈夫よ」とアマンダは身を少し乗りだし、顔を少しうつむけて夫のキスを受けた。「ね、ずっと見よくなったと思わない？」二人は一緒に天井を打ち眺めた。「壁は、浴槽にあわせてサクラソウ色にしようかと思ってるの。グリーンの敷物も買うつもりよ」

「敷物？」

「そんな声、出さないでちょうだい。せいぜい格安のを買うから心配しないで。ちょうどハイ・ストリートのお店でバーゲンセールをやっているのよ。土曜日に一緒に行って買いましょうよ」

こう言って、アマンダはふたたびペンキ塗りにもどった。

これはまずいとジュリアンは、防御態勢をととのえた。「あいにく土曜日はだめだな。ゴルフに行くんでね」つとめて淀《よど》みなく、彼は言った。

「あら、ゴルフは今度から日曜日にしたんじゃなかったの？」

「あれは先週だけだよ」

しばらく黙っていたあげくに、アマンダは一言いった。「そうだったの」

その夜、アマンダはほとんど沈黙を守りとおした。たまに口を開いてもばか丁寧で、他人行儀に聞こえた。夕食のあと、二人は居間に行った。アマンダがつけたテレビをパチンと消して、ジュリアンは呼びかけた。「アマンダ！」

「あたし、この番組、見たいんだけど」

「いいや、テレビはなしだ。ぼくの話にちゃんと返事をしてもらいたいからね」

「返事なんか、したくないわ」

「じゃあ、少なくとも、ぼくの話を聞いてくれたまえ。ぼくはね、土曜の朝に奥さんの買い物につきあい、日曜の午後には芝生の手入れをする、そんなご亭主になる気はないからね。わかるね？」

「つまり、買い物も、庭の手入れも、あたしがやるべきだって言うのね？」

「やりたかったらやったらいいさ。とくに何かを一緒にやらなくたって、ぼくら、どうせ毎日、顔を合わせているんじゃないか……」

「あなたはほとんど一日中、会社じゃありませんか。そのあいだ、あたし、何をしてたらいいって言うの？」

「べつに何もしなくたっていいさ。もともときみは将来性のある仕事を惜しげもなく捨てて、普通の奥さんになるって宣言したんじゃなかったっけ？」

「だからどうだって言うのよ？　仕事をやめて結婚した以上、一生、ただ自分なりに時間をつぶし、何か思い立ってもあとまわし、すべてあなたのゴルフの予定に合わせろって言うの？」

「何がやりたいんだい？」

「何かやりたいとか、やりたくないって問題じゃないのよ。わからない？　あたし、何もかも一人でやるのはうんざりだって言ってるのよ」


今度のは本物のけんかだった。苦々しい、気まずい思いがしこり、いったん生じた溝は翌朝になっても埋まらなかった。ジュリアンのキスをアマンダはそっぽを向いてかわし、ジュリアンはプリプリしながら出勤した。

その日はジュリアンにとっていたずらに長ったらしく、することなすこと、うまくいかず、いらいらさせられどおしだった。退社時間がきたとき、ジュリアンはこっちの気持を理解して包みこんでくれるような、おだやかな人柄の誰かとしばらくのときを過ごしたくなった。老成した知恵をたたえている人が「あなたの態度は間違っていない」と言ってくれたら、どんなに気持がすっきりするだろう。

そうした条件に当てはまる人を、彼はたった一人しか知らなかった。彼は会社がひけると、まっすぐにその人のところに行った。彼の名づけ親のノーラおばさんこそ、その人であった。

「まあ、ジュリアン、よく訪ねてくれたこと！　さあ、入ってちょうだい」

ジュリアンは愛情のこもったまなざしでノーラおばさんを見た。六十をかなり越しているはずだが、あいかわらず様子がよく、活気にあふれている。母親の友人で、親類ではないが、彼はこのノーラ・ストックフォースをいつも「ノーラおばさん」と呼んでいた。

彼はノーラおばさんに近況を報告した――ニューヨークへのハネムーンのことも、彼らのあたらしい家のことも。

「アマンダはどうしてて？」

「べつに変わりありませんよ」

ノーラおばさんはすぐには口を開かず、ジュリアンのグラスに飲み物を注いで腰を下ろした。

そしてジュリアンがその視線を捕らえると、静かな口調で言った。

「変わりがないようには、聞こえなかったけど？　ほんとのところ、どうなの？」

「ほんとに変わりないんですよ。ただ……」

というわけで、とどのつまり、彼は何もかも正直にノーラおばさんに打ち明けていた。トミーのこと、毎週のゴルフのこと。ゴルフについては、アマンダも結婚前から承知しており、とくに気にするようでもなかったことなどを。

「それが今は……」

「今は機嫌がわるいのね？」

「ばかげてますよ。一週間のうち、たったの一日だけなんですからね。彼女の場合、これといってやりたいことがあるようでもないんですよ。それなのに、何であれ、一人でやるのはいやだって言いはるんですから、呆れたもんです」

「ジュリアン、あなた、そのことについて、わたしに何かコメントしてもらいたいと思ってるんじゃないでしょうね？」

ジュリアンは眉を寄せた。「どういう意味ですか？」

「わたしにはね、あなたがた二人のどっちの味方をする気もないのよ。そんなこと、夢にも考えないわ。でも、あなたがわたしのところにきたのは賢明なことだと思うの。ときによると、他人に話すだけでも客観的にものを考える助けになるし、つりあいの取れた考え方をするきっかけにもなるんじゃないかしら」

「ぼくがつりあいの取れた考え方ができなくなっているって――言うんですか？」

「いいえ、そんなこと、言ってやしませんよ。ただね、もう少し高所に立って考えてみるべきだってことなの。新婚時代って、そうね、生まれたての赤ちゃんを扱うようにデリケートな心づかいが必要なんじゃないかって、わたし、いつも考えてきたのよ。最初の二年間はせいぜい心をつかって二人の間に育ちかけているものを大切にし、ひたすら愛を注ぎ、まかり間違ってもその赤ちゃんに危害がおよばないようにしっかり守らなければいけない――わたしはそう言いたいの。今のあなたがたはただお互い同士のことだけ、考えればいいんですからね。この機会に、二人の生活をしっかり築きあげることだわ。うまくいかない一時期がはさまっても（結婚生活って、山も谷もあるものだから）、仲のよかった昔を思い出して、お互いのあいだの絆をつよめることができるように」

「おばさんは、ぼくが自分勝手だって思っていらっしゃるんですね？」

「コメントする気はないって、わたし、言ったはずよ」

「アマンダの不平には根拠がある――おばさんはそう考えていらっしゃるんだ」

ノーラおばさんはおかしそうに笑いだした。「アマンダがぶつぶつ言っているなら、そう心配することはないとわたしは思ってるわ。不平を言わなくなったときこそ、問題でしょうね」

「問題って、どういうことですか？」

「それは自分で考えたらいいんじゃなくて？　さあ、もうお帰りなさい。さもないとアマンダは、あなたが事故にでも遭ったんじゃないかと、心配しぬくでしょうよ」

二人は立ち上がった。

「ジュリアン、またきてちょうだいね。でも今度はアマンダと一緒にね」


家に着いたとき、ジュリアンはまだ考えこんでいたが、鍵を見つける間もなく、アマンダがドアを開けた。二人は真面目な表情でお互いの顔をみつめて向かいあっていた。

と、アマンダがにっこり笑いかけた。「お帰りなさい」

「ただいま」と彼は戸口から足を踏みいれて、アマンダにキスをした。「ごめん、ぼくがわるかったんだ、何もかも」

「いいえ、ジュリアン、あたしこそ、わるかったと思ってるわ。どうだった、今日はいい日だったかしら？」

「いいや、だが今はおかげで、もやもやを取っ払うことができたよ。ちょっと遅くなったのは、ノーラおばさんのところに寄ったからなんだ。おばさん、きみによろしくって言ってたっけ」

しばらくして、アマンダはさりげなく言った。「明日、車を使っていいかしら？」

「ああ、いいとも。どこか、行きたいところでもあるのかい？」

「いいえ」とアマンダは視線をそらして答えた。「ひょっとして要るかもしれないと思って。それだけよ」

もっと何か言うかと待っていたが、それっきりだった。どうして車が要るんだろう？　まあ、気にすることはない。たぶん、仲のいい友だちと女同士、昼食の約束でもしたんだろう。

翌晩、ジュリアンが帰宅すると、アマンダは居間でテレビを見ていた。外出したままの、スマートな服装だった。

「どうだったい、今日は？」と彼は、アマンダからその日の一部始終を残らず聞かせてもらうつもりで訊ねた。

しかし彼女はただ一言、「どうって、べつに」と答えただけだった。

「何か、飲む？」とジュリアンは訊いた。

「結構よ。ありがとう」

アマンダがテレビに見入っているようだったので、ジュリアンは台所に行ってビールを探した。冷蔵庫のドアを開けようとして、彼は急にその手を止めた。ノーラおばさんの言葉が耳もとにはっきり響いたのだ。

「不平を言わなくなったときこそ、問題でしょうね」確かにアマンダは文句を言わなくなった。それにどこか、いつもと微妙に違う。どこがどう違うんだろう？

恐る恐る、一歩一歩足場をたしかめながら、ジュリアンは言ってみた。「浴室の塗り替えはどうなった？　進展しているかい？」

「今日は、そこまで手が届かなかったの。何やかや忙しくて」

「敷物、買いに行くつもりだったら、トミーに話すよ。ゴルフの方は、土曜日までに誰か相棒をみつけてくれって」

アマンダは笑って言った。「もういいのよ、大したことじゃないし、あなたの計画を変える必要はなくてよ」

「だが……」

「それにね」とアマンダは彼の犠牲的な申し入れをろくに耳に入れずに言った。「土曜日には、あたしも用事があると思うから」と言って時計を見た。「ねえ、夕食、何時にしたらいいかしら？」

おかしなことに、ジュリアンは急に食欲がなくなっていた。恐ろしい疑惑が胃袋をキリキリとかじっているようだった。

一人で何でもしなければいけないということを、アマンダは今ではまったく気にしていないらしい。「あたしも用事があると思うから」だって……誰かと会うんだろうか？

ひょっとしてデートの約束でも……？

だがまさか……アマンダはそんな女じゃない。

いや、デートでないとは言いきれないぞ。彼女は若い。おまけにチャーミングだ。

ぼくのプロポーズを受ける以前には、何人もの男が彼女とデートしようとひしめいていたものだった。

「ねえ、夕食、何時にしましょうかって訊いているのよ、あたし」

ジュリアンは今初めて見るように、ぼんやりとアマンダの顔をみつめた。そして喉に何とも不可解なかたまりがしこっているのを意識しつつ、答えた。「いつでもいいよ」

風邪でもひかないものか。インフルエンザだっていい。この土曜日にウェントワースにゴルフに行かずにすむ口実だったら、何によらず、大歓迎だ——と思ったのだが、あまのじゃくにも、彼の健康状態はその週、きわめて良好だった。彼が出かけたとき、アマンダはまだベッドの中にいた。いつもの彼女なら、とっくに起きている時間なのに。

その日、彼は自分で自分の体が思うようにならないとでも言おうか、まことに冴えないプレーぶりだった。とうとうたまりかねてトミーが訊いた。「どうかしたのかい？」

「え？　いや、べつに」

「ちょっと気が入っていないみたいだね。ぼくら、七ポイント、遅れを取ってるよ」

当然ながら、結果は彼らの完敗だった。トミーはむかっ腹を立てて、もう一勝負しようじゃないかと誘ったが、ジュリアンが断って、今日はもう帰ると言ったので、ますます不機嫌になった。

「どうかしているよ、今日のきみは」

「どうもこうもないよ」

「きみ、気をつけないと、いっぱし世間並みの亭主みたいに見えるぞ。アマンダが文句を言いはじめたわけでもないんだろ？　え？　ちょっとでもそんな気配がみえたら、断固たる態度を取るべきだよ、いいね、ジュリアン」

「あん畜生！」と車をことさらに騒々しくロンドンに向けて走らせながら、ジュリアンは舌打ちした。「トミーのやつが結婚生活について、何を知っているっていうんだい？『いっぱし、世間並みの亭主みたいに見えるぞ』なんて、くだらんことをほざきやがって！　何に見えりゃいいってんだ？　ミス・ワールドか？」

けれども最後の角を曲がり、彼らの家の立っている並木道に入ったとき、空元気《から》はあえなく消え失せた。一目見ただけで、家がからっぽだということがわかったのだ。

ジュリアンは時計を見た。四時だ。何をしているんだろう？　どこに行ったんだろう、アマンダは？

家に入ってあちこち探したが、置き手紙もなく、冷蔵庫のブーンという音がむなしく響き、ワックスの匂いが漂っているばかりだった。

ひょっとしたらアマンダはこれっきり、家に戻ってこないんじゃないだろうか？

ふとそう考えたら、ぞっとして全身がブルブル震えだした。アマンダが帰ってこないなんて。あの楽しげな笑い声がもう聞けないなんて。庭で土いじりをしているアマンダを見ることができないなんて。口げんかもこれっきり、愛のいとなみもこれっきり、いや、二人の愛のすべてがこれっきりだなんて。

ジュリアンはゴルフ・バッグを階段の下に放りだし、そいつをまたぐと、いちばん下の段に腰を落とした。ほかのどこにすわる気もしなかったからだった。

彼はここ数週間のことを思い返した。アマンダが一人で実家に行って、誰かに送ってもらって帰ったあの日曜日……いったい、誰に送ってもらったんだろう？　あのときは何となく訊きそびれたのだが、送ってきたのは——そうだ、ガイ・ハンスロープだったに違いない。

ガイ・ハンスロープはアマンダのボーイフレンドのうちでも、とりわけ彼女に忠実だった。小さいときから家が隣りあわせで、いわば幼なじみだった。今は株式ブローカーとして羽振りもなかなかいいらしい。ガイは上背のある、ブロンドの好青年で、けっして背が高いとは言えない黒い髪のジュリアンは、一目見たときからガイに嫉妬を感じていた。

ひょっとしたら新婚旅行からもどって以来、アマンダはガイと何度もひそかに会っているのかもしれない。

ねたましさに胸を焼きながら、タバコをきりなくふかし、しかし行動に移る気もしないままに、階段にすわりこんだまま、心も凍るような妄想を次から次へと追っていたジュリアンは、通りをこっちに近づいてくる車の音に気づいた。車はやがて彼らの家の前で止まり、ドアが開く音、バタンと閉まる音がした。話し声。そして小道に足音が響き……。

ジュリアンは立って行って、ドアを開けた。

アマンダだった。そして後ろにガイが立っていた。

「あら、帰ってらしたの？」とアマンダがびっくりしたように言った。

ジュリアンは答えずに、ガイの顔をみつめていた。激情が万力のように彼の胸をしめつけていた。はり倒してやろうか？　暴力映画のスローモーションの一こまのような図がまぶたの裏に浮かんだ。まず彼の片手がゆっくりと上がって、ガイのにこやかな顔をしたたかにぶん殴る。と、ガイの体がクシャクシャッとくずれ、倒れる拍子に頭をぶつけて舗道の上にのびる。その口から、頭部のむごたらしい傷からダラダラと血が流れて……

「やあ、ジュリアン」とガイが呼びかけた。ジュリアンは目をパチパチさせた。ガイをぶん殴らなかったことに、自分でびっくりしていた。

「どこに行ってたんだ？」とジュリアンはアマンダに訊いた。

「母のところよ。ちょうどガイがきていて、車で送ってくれたの」

ジュリアンが黙っていると、アマンダはちょっとイライラした口調で続けた。「あたしたち、家の中に入りたいんだけど、いいかしら？　寒くなってきたし、雨も降りだしてるし」

「え？　ああ、もちろんだよ」

ジュリアンはちょっと脇によけたが、ガイは腕時計に目をやり、「いや、やめとくよ、悪いけど」と言った。「夕食に招待されているんでね、帰って着替えをしないと。さよなら、アマンダ」と頬に軽くキスをして、ちょっとジュリアンに向かって手を上げ、小道をスタスタと遠ざかった。

「さようなら、送ってくれて、どうもありがとう！」とアマンダはそのすらりとした後ろ姿に呼びかけた。

ホールに立つと、アマンダは階段の下にほうりだされているゴルフ・バッグと閉ざされたままのカーテンを見やり、ついでジュリアンの顔を見た。

「どうかしたの？」

「いや」とジュリアンは苦渋に満ちた（と彼は感じていた）口調で言った。「何でもないよ。ただ、きみがもう帰ってこないんじゃないかと」

「帰ってこないって……あなた、気がおかしくなったんじゃないの？」

「きみがガイと一緒なんじゃないかと思ったんだよ」

「ええ、一緒だったわ」

「一日中ずっとだろう？」

アマンダは笑いだしかけて、急にやめた。

「ジュリアン、あたし、母のところに行ってたのよ。そのこと、話してあったでしょ？」

「けさはそんなこと、言わなかったじゃないか。それに、この前はどうだったんだ？　ぼくが帰ってきたとき、きみはやたらめかしこんで香水の匂いをプンプンさせてたが」

「そんな言い方、やめて。ずいぶん意地のわるいこと、言うのねえ。ほんとのこと、話そうと思ったけど、やめておこうかしら」

「いいや、話してもらうよ！」とジュリアンはわめいた。

恐ろしい沈黙がしばらく続いた。やがてアマンダが静かに口を開いた。

「あたしたち、それぞれ、深呼吸でもして、そもそもの初めから、しっかり話しあった方がいいんじゃないかしら」

ジュリアンは言われるままに深呼吸を一つした。「いいよ。聞こうじゃないか」

「あの日はね」とアマンダは言った。「あの日は実家に行ったのよ。車で行く必要があったのは、お医者さんに診てもらおうと思ったからなの。あたし、今でも実家のかかりつけのお医者さんのところに登録しているの。それにロンドンの病院って、どこに行ったらいいか、わからないんですもの。

おしゃれをして出かけたのはね、ペンキだらけのジーンズに飽き飽きしたからよ。それに母は、あたしがスマートなりをしてるととても喜ぶの。今日行ったのは、もういっぺん、きてくれって、お医者さんに言われたからなのよ。念のためにもう一度調べて、はっきりさせたいってことだったの」

もう一度、調べてはっきりさせる？　ひょっとしてアマンダは何か、命にかかわるような病気にかかっているんじゃあ……。

「はっきりさせるって、何をだい？」

「けさはあなたが車を使ってたでしょ。だからあたし、電車で行かなきゃならなかったの。それでガイが送ってくれたわけよ、わざわざ。なのにあなたったら、怖い顔であの人をにらみつけて。あんなに恥ずかしかったことってないくらいだわ、あたし」

「アマンダ、お医者さんに何て言われたんだね？」

「赤ちゃんだったのよ、思ったとおり」

「赤ちゃん？」ジュリアンは二の句がつげなかった。「しかし――その――ぼくら――結婚したばかしじゃないか？」

「もう四カ月になるのよ、結婚して。それにハネムーンもかなり長かったし……」

「だが、ぼくらは……」

「ええ、あたしたち、どっちもそのつもりじゃなかったわ」とアマンダはほとんど泣かんばかりになっていた。「でも現実にはそういうことになっちゃったのよ。あなたがそんな怖い声を出すなら、あたし、あたし……」

「赤ん坊か」ジュリアンはもう一度つぶやいた。しかし今、その声はふかい感慨にあふれていた。「赤ん坊が生まれるのか！　ああ、アマンダ、きみは、何てすばらしいひとなんだ！」

「じゃあ、怒ってないのね？」

「怒る？　それどころか、すっごくうれしいよ、ぼくは！」そう言いながら、ジュリアンはそれがまったく本当だということを感じて、我ながらびっくりしていた。「こんなにうれしいことはないくらいだよ」

「人数が三人にふえても、この家でだいじょうぶかしら。狭すぎやしないわね？」

「もちろんさ」

「あたし、引っ越したくないの。この家、とっても気に入っているんですもの」

「引っ越すもんか。いつまでもこの家に住んで、子どもをたくさん、つくろう。庭の小道にベビーカーをずらっと並べてね」

「どうして実家に行くのか、言いたくなかったのはね、ジュリアン、自分でもはっきりわからなかったからなの。だからもう少し待って、それから話すつもりでいたのよ」

「いいんだよ。何もかも、もうどうでもよくなっちまったよ、この我々の重大事のほかのことはね……」

まったくその通りだった。その夜の夕食はジュリアンがつくり、二人は炉の前にすわって、トレーから食べた。アマンダはソファーの上に足を乗っけていた。妊婦はそうするものだとジュリアンが主張したからだった。

寝る時間がきたとき、ジュリアンは家中の鍵を閉めてまわり、妻の腰に手をまわして、そっと階段の方に導いた。

秘蔵のゴルフ・バッグは階段の下に置いたままになっていたが、ジュリアンはそれを片足でぐいっと無造作に片隅に押しやっただけで、妻を抱くようにして階段を上がった。

あんなもの、いずれ片づければいい。今はそれよりも……

丘の上へ

The House on the Hill

おそろしく小さな村だった。オリヴァーは十歳の今日まで、こんなにちっぽけな村は見たことがなかった。灰色の花崗岩《かこうがん》造りの家が六軒、パブが一軒、古色蒼然《こしょくそうぜん》たる教会堂と牧師館、小さな店が一つ。それだけだった。店の前にオンボロトラックが一台止まり、どこかで犬が吠えている。しかし人けはまるでなかった。

姉のセアラが書いてくれた買い物のリストと買い物籠《かご》を手に、オリヴァーは「ジェームズ・トマス商店　雑貨とタバコ各種」と壁の上方に記されている店のドアを押して中に入り、取っつきの二段を降りると、遠慮がちに立ち止まった。カウンターを挟んで向かい合っていた二人の男が同時に振り返った。

ドアが後ろで閉まったとき、「ちょっと待っててくれるかい。こっちはじきにすむから」と小柄な店主――たぶん、ジェームズ・トマス――が声をかけた。頭が禿《は》げあがり、茶色のカーディガンを着ていた。ものすごくたくさんの買い物をすませた客から金を受け取っているところだった。

ごくありきたりの感じの店主と違って、客は容易に忘れられそうにない、際立った風貌の男であった。びっくりするほど背が高く、梁《はり》に頭をぶつけないように心もち背を屈めていなければならないほどだった。革のジャケット、つぎの当たったジーンズ、がっちりした長靴といった身なりだったが、髪の毛と顎鬚《あごひげ》の燃えるように赤い色が目を引いた。

みつめるのは失礼だということは承知していたが、オリヴァーが思わずみつめると、男もじろっと見返した。まじろぎもせぬ青い目は、こっちの関心をはねかえすような、非情な光を湛えていた。

オリヴァーはどぎまぎして気弱な笑顔を浮かべかけたが、男は知らん顔で、カウンターの方を振りむくと、ズボンのポケットを探って何枚かの札を引きだした。トマスさんがレジをチンと鳴らしてレシートを渡した。「七ポンド半だ、ベン」

客は金を払うと、食料品がいっぱい詰まった段ボール箱を二つ重ねて、軽々と担いで戸口の方に向き直った。オリヴァーが後戻りしてドアを開けると、ちらっと見下ろして「ありがとう」と言った。ゴングのような深い響きの声で、船尾楼甲板《せんびろうかんぱん》から手下を叱咤する海賊船長か、略奪を目的として難破船に乗り移る、命知らずの破船賊を指揮する頭目のそれを思わせた。

オリヴァーは男が段ボールの箱を後ろの荷台に載せて運転席に乗りこみ、エンジンをかける様子を、ぼんやり見守った。傷だらけのトラックはひとしきり不機嫌な唸り声をあげて排気ガスを出し、盛大に泥のはねを上げると、店をあとにした。

「待たせたね」と店主が言った。

オリヴァーは買い物のリストを渡して、「ミセス・ラッドからです」と付け加えた。

「セアラ・ラッドの弟だね」と店主はにっこりした。「弟がくるって、聞いてたよ。いつ着いたんだね？」

「昨夜、鉄道で。盲腸の手術をしたんで、学校にもどる前に二週間、セアラの家で静養することになったんです」

「たしか、ロンドン住まいだったね？」

「ええ、パットニーです」

「ここならじき丈夫になれるよ。こっちは初めてなんだろう？　この谷はどうだ、気に入ったかい？」

「ええ、とってもきれいなところですね。ぼく、ずっと歩いてきたんです」

「アナグマにはもう出会ったかい？」

「アナグマ？」からかわれているのかと思いながら、「いいえ」とオリヴァーは答えた。

「暗くなりかけたころ、谷に下りてごらん。必ず会えるよ。崖っぷちぞいに下をのぞくと、アザラシの姿が見えるだろうしね。ところでセアラはどんな按配《あんばい》だね？」

「うん、元気みたい」とオリヴァーは答えながら、心の中で「たぶん」とつけ加えた。

出産の予定日は二週間後ということだったが、しばらくぶりで会った姉のおなかが目立ってせりだしているのを見て、彼は少なからずショックを受けていた。いつも楚々としていた姉が小ぶりの鯨のようなスタイルに変わっていたのだから、無理もない。あいかわらずきれいだが、太めもいいところだ――と彼はひそかに考えた。

「ウィルも、おまえさんがいりゃ、心丈夫だろう」

「ええ、ぼく、けさは早起きしてウィルが搾乳《さくにゅう》するとこ、見たんです」

「ここにいる間に、いっぱし働き者の農夫になれるだろうよ。さてと、粉一ポンド、インスタント・コーヒー一瓶、グラニュー糖三ポンド……」と言いながら、店主はリストの品を次々に買い物籠《かご》に入れた。「まあ、この程度なら、そう重たくはないな」

「ええ、大丈夫、持てます」とオリヴァーはセアラの財布から代金を支払った。店主はチョコレート・バーを一つ、おまけにくれた。「どうもありがとう」

「あの道を上がって行けば、ひとりでにウィルの農場に着くよ。気をつけてな」

村をあとにして街道を横切ると、オリヴァーは谷を迂回《うかい》する狭い坂道を買い物籠《かご》を片手に、義兄のウィル・ラッドの農場を目指してぶらぶらと上って行った。かたわらを絶えず流れている小川の川音が右に聞こえたり、左に変わったり、機嫌のいい道づれのように心を慰めてくれた。所々

に石づくりの橋があり、オリヴァーは欄干にもたれて川の中をのぞきこんで、目で魚や蛙を探した。立ち木が少ないので見晴らしのきく荒野《ムア》の至る所に、茶っぽいワラビやエニシダが生い茂っていた。エニシダのがっちりした枝を、セアラは炉の焚きつけに使っている。それと浜辺に転がっている流木を割ったものと。流木は火がつくとシューシュー音を立ててタールの匂いを漂わせるが、エニシダは赤々と気持よく燃え、真っ白な熱い灰を残した。

谷を半ばほど上ったあたりで、カシワの古木の下にさしかかった。小川の土手に根を伸ばしているこの木は、今は葉を落として裸の肩をそびやかしている。長年、荒野《ムア》の強風に挑んできたためだろう、ひどく節くれだち、妙ちきりんな枝ぶりだった。オリヴァーは往きには地面に厚ぼったく積もっている落ち葉をゴム長の爪先で蹴散らしながら歩いたのだったが、同じ場所にさしかかったとき、ふとぎくりと足を止めた。落葉の堆積の上に、殺されたばかりらしい、一匹のウサギの死骸が転がっていたのである。毛にみっしり覆われた腹が食いちぎられ、傷口から赤い臓腑がむざんに飛び出していた。

キツネの仕業だろうか？　獲物に取りついているところにぼくの足音が聞こえたんでワラビの茂みに逃げこんで、今の今、飢えた、残忍な目でこっちの様子を窺《うかが》っているのかもしれない。こう思いつつ、おっかなびっくりまわりを見回したが、風に揺れている草の葉のほか、動くものとてなかった。

ぞっとしながら、何かに促《うなが》されるように見上げると、ほの白い十一月の空高く、猛禽が一羽、悠々と舞っていた。地上の獲物に目をつけて、飛びかかる機会を狙っているのだろう。美しい、しかし恐ろしい死の使いの姿だった。田舎って、美しいばかしじゃない。残酷なんだ。死ぬものもあれば、生まれるものもある。厳しい環境の中で生き抜いている獣、鳥、人間。オリヴァーは旋回する鳥の姿をしばらく見守ったのち、ウサギの死骸を避けるように迂回《うかい》して、そそくさと丘を上った。

無事に家に帰りついてほっとして、台所の戸口でゴム長を脱ぎすてて暖かい台所に入って行くと、テーブルの上にはすでに昼食のナイフとフォークがセットされていて、ウィルがすわって新聞を読んでいた。彼はオリヴァーを見ると、新聞を下に置いた。

「道に迷ったんじゃないかと心配したぜ」

「途中でウサギが死んでいるのを見たんだけど……」

「この辺じゃ、べつに珍しかないよ」

「空に鳥が舞ってたよ」

「ああ、ありゃ、チョウゲンボウっていってね。おれも見たよ」

セアラはストーブの前に立ってスープを注いでいた。湯気の立つマッシュポテトがふわっとのっている一皿と黒パンという献立だった。オリヴァーは黒パンを一切れ取って、バターを塗った。セアラはおなかがせり出しているので、椅子を引いてオリヴァーと向かい合わせに腰を下ろしながら訊いた。「お店はすぐにわかった?」

「うん。ものすごく背の高い男の人が買い物をしてたよ。髪の毛も顎鬚《あごひげ》も赤かった」

「ベン・フォックスでしょ。ウィルから丘の上の家を借りて住んでいるのよ。あなたの寝室の窓から煙突が見えるわ」

丘の上の家? 何となく気味がわるかった。「何をしてる人?」

「木彫りの仕事場をもっているの。いい仕事をするんで、つくるそばから売れるみたいよ。犬を一匹と鶏を何羽か飼っているだけの一人暮らしでね。あの家の前にはろくな道もないからトラックは下の道路に止めて、何もかもみんな、担いで上がるようにしているわ。耕耘機《こううんき》のように重たいものを買ったときは、ウィルがトラクターを貸してあげるの。お返しに、干し草作りのときや、羊が仔を産むときに手を貸してくれてね」

オリヴァーはスープのスプーンを口にはこびながら、ベンについて聞いたことを思いめぐらした。話を聞けばどうということはない。あやしむ理由もない。いってみればごく普通の隣人のようだが、あの取りつく島もない態度と冷たい目の印象を、オリヴァーは容易に拭い去ることができなかった。

「昼飯がすんだらベンの所に行こうと思っているんだが、よかったら一緒に連れてってやるよ」

とウィルが言った。「あの家のあたりまでふらふら上がって行く、癖のわるい雌牛がいてね、子牛まで引き連れて。けさも知らぬ間に逃げ出しやがって、行って連れ戻さなけりゃならんのだ」

「塀の隙間をふさぐ必要がありそうね」とセアラが言った。

「うん、棒杭を二本と金網を持ってって、ふさいでみるよ」と言って、ウィルはオリヴァーに笑いかけた。「手伝う気、あるかい？」

オリヴァーはすぐには答えなかった。もういっぺん、あの男と顔を合わすのは気が進まなかったが、好奇心が動いてもいた。ウィルが一緒だったら危害を加えられることもないだろう。

「ああ、行ってもいいよ」と彼は低い声で答えた。セアラがにっこりして、杓子《しゃくし》でもう一杯、スープを注いでくれた。

ウィルとオリヴァーは三〇分後に出発した。ウィルが飼っている牧羊犬がついてきた。オリヴァーは金網を一巻きかかえ、ウィルはがっちりした棒杭を二本、かついでいた。ダンガリー木

綿のズボンのポケットを、重たい金槌がふくらませていた。

一つ目の牧場を横切って荒野《ムア》の方へと斜面を進み、最後の草地を上りきると、なるほど石の塀の一部が崩れていた。放浪癖のある雌牛がしゃにむに隙間から押し入ろうとしたはずみに、石を五つ六つ落として穴をひろげたのだろう。ウィルは棒杭と金網と金槌を地べたに置いてオリヴァーの先に立って塀をよじ登り、ワラビと茨の茂みを掻き分けて進んだ。エニシダが枝を伸ばしている下方に細々と続いている、ウサギの通り道かと思われるほど狭い小道づたいに行くうちに、何かの記念碑のように巨大な石がいくつか、高い断崖のようにいかつく肩をそびやかしているところに出た。石のうちの二つの間を走る雨溝が、丘の頂きに通じているのであった。足もとの芝土の所々に苔むした花崗岩《かこうがん》の背がのぞいていた。海風が吹き上げるからだろう、空気はひんやりとして、かすかに塩気を含んでいた。

海は北の方、荒野《ムア》は南の方、そしてセアラが丘の上の家と呼んだ小さな家は彼らのつい目の下にあった。心もち窪んだ地形に雨風を避けてちんまりうずくまっている感じの平屋で、煙突から煙が一筋、立ち上っていた。ブロック塀に仕切られた小さな庭が付属していたが、その塀の脇にウィルの雌牛が子牛をかたわらに、呑気に草を食《は》んでいた。

「しょうのない奴らだな」とウィルは叱って、そのまま家の前面にまわった。母屋の脇にトタン屋根を乗せた小屋があってドアが半開きになっており、チェーンソーの音がしていた。獰猛な吠え声を上げて、黒と白の大きなぶちの犬が中から飛びだしてきた。吠えるだけで噛みつく気はなさそうだと見て取って、オリヴァーはほっとしていた。

ウィルが身をかがめて犬の頭を撫でた。チェーンソーの音が唐突にやみ、ベンが戸口に立った。

「牛を連れ戻しにきたのかね？」とベンは唸るように言った。

「ああ、べつに悪さはしなかったろうね？」

「私の知ってるかぎりではね」

「塀の隙間はふさいでおくよ」

「下の牧場のほうがよっぽど安全で、こっちは何かと剣呑《けんのん》なのにな」と言って、ベンは一心に自分をみつめているオリヴァーを見やった。

「これはセアラの弟だよ」

「今朝、会ったな」とベンはにこりともせずに言った。

「ええ、村の店で」とオリヴァーは答えた。

「セアラの弟とは知らなかったよ」とベンはつぶやいた。「お茶を入れようか」

「ご馳走になって行くかな」とウィルは答えた。

二人はベンのあとについて門を入った。ベンは門の掛け金をしっかり掛けた。庭はきちんと手入れされており、一隅は菜園になっていて野菜が幾通りも栽培されていた。小ぶりの林檎の木も何本か、植わっていた。

ベン・フォックスは長靴をぬいで、赤毛の頭を入口の横木の下でひょいとかがめるようにして家の中にはいった。ウィルとオリヴァーもそのあとに続いた。はいってすぐ二段ほど降りて居間に足を踏みいれたオリヴァーは、あっけにとられてただみつめるばかりだった。壁という壁に本棚が並び、しかもどの棚にも本がぎっしり詰まっていた。オリヴァーは家具にも目をみはった。ゆったりとした、すわり心地のよさそうなソファー、エレガントなブロケードを張った椅子、見るから高価そうなハイファイのプレーヤーの脇にLPのレコードが山づみになっていた。荒削りの木の床のあちこちに、オリヴァーが見ても値打ち物だとわかる敷物が配置されていた。奥行きのふかい暖炉には火が燃え、花崗岩《かこうがん》のマントルピースの上に金にトルコ石色のエナメルをあしらった、凝った意匠の時計が置いてあり、ガラスごしに中のメカニズムが見えた。

無造作に置かれているようでいて、すべてが小気味よいほど、きちんとしていた。やかんに水を入れて電熱のプラグをさしこみ、棚から茶碗とミルク注ぎと砂糖壺を取ろうと手を伸ばしているベン自身も、同じようにきちんとした感じを漂わせていた。

お茶が入ると、三人は一緒にテーブルを囲み、ウィルとベンはオリヴァーをそっちのけにして天候や畑の作物のことを話しはじめた。オリヴァーは押し黙って座り、熱いお茶をすする合間にベンの横顔をちらちらと盗み見た。無表情な、冷たい目が、好奇心と反発を同時に掻き立てた。

帰るときになってオリヴァーはようやく一言、「ありがとうございました」と言った。ベンが答えなかったので、引っこみがつかず、もう一言、「お茶をご馳走さまでした」と付け加えた。

「いや」とベンはにこりともせずに答えた。それだけだった。

ウィルとオリヴァーは雌牛と子牛を連れて家路についた。ベン・フォックスは戸口に立って見送っていた。丘の頂上に着いて雨溝へと降りる前にオリヴァーは振り返って手を振ろうとしたが、ベンはすでに姿を消していた。犬の姿も見えなくなっていた。急な斜面をウィルのあとについて用心しいしい進むオリヴァーの耳に、チェーンソーの甲高い音が聞こえてきた。

塀の修繕に取りかかったウィルに、オリヴァーは訊いてみた。「あの人、どういう人？」

「ベン・フォックスだよ」とウィルは答えた。

「名前じゃなくて、どういう人かって訊いているんだよ」

「知らないね。知りたいとも思わないよ――本人が話す気になるならとにかく。誰でもプライバシーをもつ権利はあるんだから、つつき回る必要もあるまい。そうだろう？」

「あの人、ここにきてどのくらいになるの？」

「二年になるよ」

二年もの間、近所で暮らしながら、相手のことを何も知らないなんて。

「お尋ね者かもしれないよ。警察の手を逃れて身をかくしているのかも。海賊みたいな様子をしてるもの」

「人を、見てくれから判断するものじゃないよ」とウィルは彼にはめずらしくぶっきらぼうに言った。「おれが知っているのは、ベンが腕のいい木彫り師だってこと、せっせと働き、ちゃんと生活を立て、家賃をきちんきちんと払ってくれるってことだけさ。それ以上、何を知る必要があるって言うんだね？　さあ、金槌を持っててくれないか。それからこの針金の端を……」

オリヴァーはベンについて姉にも訊いてみたが、やはりはかばかしい返事は得られなかった。

「この家に訪ねてきたことはあるの？」

「いいえ。クリスマスに招いたんだけど、ひとりで過ごす方が気楽だと言ってね」

「友だちはいないのかな？」

「とくに親しい友だちはいないけど、土曜の夜なんかにはパブに行くこともあるみたいよ。無口だけれど、誰からも、結構好かれているわ」

「あの人、きっと何か秘密をもっているんだよ」

セアラは笑いだした。「それは、誰だって同じだと思うけど」

人を殺して逃げてきたのかもしれない……とっさにそう思ったが、口にするのも恐ろしい気がしてオリヴァーは結局話題を変えた。「あの人の家、本がものすごくたくさん並んでいたよ。すてきなものがいっぱい飾ってあったし……」

「教養人なのよ、ベンは」

「略奪してきたものかもしれないよ、何もかも」

「まさか」

まったくセアラときたら、まるっきり好奇心がないんだろうか？

「でもセアラ、本当かどうか、確かめてみたいとは思わないの？」

「オリヴァーったら！」とセアラは弟の頭に手を置いて、髪の毛をくしゃくしゃにした。「ベンについて詮索するのはおやめなさい。あの人にとってはいい迷惑よ」


その夜、炉の前でくつろいでいたとき、風が吹きつのりだした。初めのうちはただヒューヒューと口笛のような、あわれっぽい音を立てているだけだったが、しだいに勢いを増して、獣が吠えたけっているような音を響かせて谷底から吹き上げ、大きな古家のがっちりした壁にドッとぶつかっては揺さぶり立てた。窓という窓がガタピシと鳴り、カーテンが揺れ動いた。

ベッドに入ってからもオリヴァーはあまりの風のはげしさに恐れをなして、ドキドキしながら耳をすましていた。ときどき風がピタリと鳴りをひそめることがあり、そんなときには、村の向こうの断崖に当たって砕ける高波の音がいっそう物寂しく聞こえてくるのだった。

オリヴァーはかさに掛かって打ち寄せる波浪の様子を想像し、昼間見た、あのウサギの死骸、その上空を旋回していたチョウゲンボウの姿を思い浮かべて、一見平和で、原始的ともいえるほど素朴な、この村の暮らしに思いがけずまつわりついている恐ろしい脅威のすべてについて、思いめぐらした。

丘の上にぽつんと、ほとんど無防備の姿で立っているあの小さな家で、ベン・フォックスは書物に囲まれて、犬のほか、家族もなしに、どんな思いで風の音を聞いているのだろう？　微笑の影もないあの冷たい目。秘密を隠しているような無表情な顔。本当に人を殺して逃げてきたのかもしれない。オリヴァーはぶるっと身を震わせて寝返りを打ち、毛布を耳の上まで引き上げた。けれども風の音はその耳もとに容赦なく響いているのであった。

朝になっても風勢は衰える様子を見せなかった。庭には吹き寄せられたさまざまなものが散らかり、物置の屋根から吹き飛んで割れたらしいスレートも一、二枚、転がっていた。しかし風にともなって雨が降りだし、濃い霧のために視界が灰色にぼやけているので、農場がどの程度の損

害をこうむったのか、ちょっと見にはわからなかった。まるで雲の中に閉じこめられたみたいだと、オリヴァーは思った。

「ひどい天気だな」と朝食のテーブルについたウィルが言った。市に出かけるということで、スーツを着てネクタイを締めていた。

乗用車をセアラのために残してウィルが出かけるのを（トラックは家畜の脱走防止用の格子の上で大きく揺れて出て行った）見送ったのち、オリヴァーは好物のロックバンズを焼いてくれるという姉のためにドライフルーツを買いに、店までひとっ走りすることにした。

悪天候をものともせずに出かけるというのが何となく晴れがましくて、初めのうち、彼は極地探険に乗り出す冒険家のように意気揚々たる気分だった。しかし結局のところ、村に行く前に引き返さざるをえなくなった。嵐のせいで、あのカシワの古木が根こそぎ倒れて道をふさいでいたのであった。電話線が枝に巻きついて切断されていた。ウィルのトラックは木が倒れる寸前に無事にここを通り抜けたらしいが、この自分はまかり間違えば倒木の下敷きになっていたかもしれない——オリヴァーは思わず身震いをして、きた道をいっさんに駆け戻った。

「セアラ！」

返事がなかった。

「セアラ、どこ？」

「ここよ。寝室にいるの」いつもの姉らしくない弱々しい声だったが、オリヴァーは夢中で二階に駆け上がった。

「セアラ、カシワの木が倒れてて、ぼく、村まで行けなかったんだよ……」と言いかけたオリヴァーは驚いてみつめた。服を着たままベッドに横たわっているセアラの顔が、ひどく青ざめているのに気づいたからだった。「セアラ、どうかしたの？」

セアラは目を覆っていた片手をものうげに下ろして、努力して弟にほほえみかけた。

「ベッド作りをしていたら――急に――おなかが……。もしかしたら――赤ちゃんが生まれかけているのかもしれないわ……」

「だって、セアラ、予定日は二週間後って……」

「ええ、でも一応、病院に電話をしてみたほうがいいかもしれない……」

「電話なんか、かけられないよ。電話線が嵐で切れちゃっているんだもの」姉弟は困惑したように顔を見合わせた。「ぼく、倒れた木の上を乗り越えて、村に行って電話してみるよ。それとも荒野《ムア》の方からぐるっと回るか」とオリヴァーは思いきって提案した。

「それはだめよ」とセアラはありがたいことに落ち着きを取り戻したらしく、両足をベッドから床に降ろして冷静な口調で答えた。「間に合わないかもしれないもの」

「赤ちゃん、もう生まれちゃうの？」

弟の慌てふためいた声音に、セアラは微笑して首を振った。「今のところは、まだ大丈夫よ。でも、ぐずぐずしている時間はないわ。ベンを呼んできてくれない？　昨日行ったから道はわかるでしょ？　すぐきてくれって伝えてほしいの――チェーンソーを持って。倒れた木を切らなきゃならないからね」

ベンを連れてこいって――オリヴァーはぎょっとして姉の顔を見返した。たった一人でこの霧の中を、人もあろうにベン・フォックスの家に！　しかしそのときオリヴァーは、姉がふくれた下腹を両手で押さえながら、のろのろと立ち上がるのを見た。そのとたん、何としてもこの姉を守らなければという思いがつき上げた。小さな子どもみたいに怖がっている場合じゃないんだ。

「姉さん、ひとりで大丈夫？」

「ええ、お茶でも入れて、しばらくすわっているわ」

「できるだけ、急いで行ってくるよ」

風雨と霧のために手間取りはしたが、ウィルが応急の修理をした塀のところまでは大した面倒もなしにたどりつくことができた。しかし塀を乗り越えたのち、下生えを掻きわけて歩くうちに方向と距離の感覚がおぼつかなくなった。風も雨もここではいっそうはげしく、もつれたワラビに足を取られて何度となくつまづき、エニシダの枝がかすり傷をつくった。何度かぬかるみで滑って転び、膝をしたたかに打った。

丘のてっぺんに着きさえすれば――とオリヴァーは自分に言い聞かせた。丘のてっぺんに着けば、ベンの家はわけなくみつかる……悪戦苦闘の末にほとんど四つんばいになって、オリヴァーはようやくベンの家の前にたどりついた。窓から明かりが洩れていた。半泣きになって門の掛け金を探っていたとき、家のドアが開き、犬がワンワン吠えながら飛び出してきた。ベンが戸口に立っていた。「どうした?」

安堵のあまり崩おれそうになりながら、オリヴァーは息をはずませてしどろもどろにしゃべり始めた。

「まあ、落ち着け」とベンがさえぎった。「息を深く吸いこむんだ」オリヴァーの肩を押えてひざまずくと、ベンはオリヴァーと目と目を合わせた。「さあ、話してごらん」

オリヴァーが話し終わったとき、ベンはうなずいて言った。「それで一人で、ここまでやってきたんだね?」

軽く彼の頭を撫でると、ベンは立ち上がった。「ちょっと待っててくれるかい？　コートを着て、チェーンソーを取ってくるから」

オリヴァーがベンと連れだってウィルの家にもどると、セアラは暖炉の前に座ってお茶を飲んでいた。荷造りしたスーツケースがかたわらに置いてあった。「ああ、ベン！」

「どんな具合だね？」

「そうね、痛みは今のところ、三〇分おきってところかしら」

「だったら大丈夫、十分間に合うよ。倒れた木をどけて戻って、早いとこ、きみを病院に連れて行こう」

「ごめんなさいね……」

「謝ることはない。それより、このきみの弟を誇りに思うこったな。よくもまあ、慣れない道をわたしのところにたどりついたものだ」ベンはオリヴァーを見下ろして訊いた。「ここで姉さんと待っているか、それとも木をどけるのを手伝うか、どっちにする？」

「ぼく、手伝います！」さっきまでの恐怖も、周章狼狽《しゅうしょうろうばい》も、すり傷も、膝の痛みも、今はきれいさっぱり忘れてオリヴァーは勢いよく言った。「手伝わせてください！」

倒木をどけるのにかなり手間取りはしたが、セアラを連れに戻ってウィルの車に一緒に乗りこみ、思ったより短時間で彼らは州立病院に到着することができた。ベンがセアラをスーツケースもろとも抱え下ろしたとき、オリヴァーはもちろん一緒について行くつもりでいたが、「車の中で待っていろ」とベンに言われた。

オリヴァーはしょんぼり、座席に腰を落とした。どっと疲れを覚え、膝の打ち傷、手のすり傷が急にチクチク痛みだしていた。それだけではなかった。姉のことが心配で、赤ん坊が無事に生まれてくるかどうかと気掛かりで、いても立ってもいられない気持だった。

風はやんでいたが、雨はまだ降りつづけていた。腕時計を見ると、まだ正午にもなっていなかった。ベンはウィルに電話すると言っていたが、連絡はついただろうか。

かなり経ってから、病院の前庭を大股に近づいてくるベンの姿が見えた。運転席側のドアを開けて車に乗りこむと、ベンはしばらく押し黙っていた。

オリヴァーはごくんと唾を呑みこんでから、やっとの思いで訊いた。

「予定日より早くて――セアラは――あの……」我ながら意気地のないキーキー声だった。

ベンは赤い髪の毛を手で掻きあげながらぼっそり答えた。「心配は要らないよ。今ごろはおそらく分娩室だろう」

「なかなか戻ってこなかったから、ぼく……」

「トルーロの市に電話したんだが、ウィルがなかなか捕まらなくてね。だがもう大丈夫、こっちに向かっているよ」

「あのう……」オリヴァーはベンの後ろ姿を相手にしゃべっているのがもどかしくなって、運転席の隣りに乗り移った。「予定より――早く生まれても――べつにあのう……」

ベンはオリヴァーの方にくるっと向き直った。謎をたたえていた目の冷たい光は消えて、早春の朝のような、心なごむ温かさを感じさせた。

「ひとりで、そんなことを心配していたのかね？」

「ええ、ちょっと……」

「セアラはとびきり健康なお産婦さんだ。それに自然というやつはすばらしい弾力をもっているからね」

「自然って――ぼく――とても恐ろしい気がして……」

ベンは黙って彼の説明を待つ様子だった。

「残酷だと思うんです、自然って。キツネや、チョウゲンボウや、いろんなものが互いに殺しあって。昨日、ぼく、道でウサギの死骸を見たんです。夜中から嵐になって、ものすごい波の音がして……もしかしたら船が難破して船員が死んだかもしれないし、あの大きな木が倒れたり、赤ん坊が予定より早く生まれたり……」

「赤ん坊のことは心配いらないよ。ちょっとせっかちなちびさんってだけで」

「どうしてわかるの？」とオリヴァーは思わず訊いた。「赤ん坊、もったこと、あるんですか？」

思わず出た問いであった。答を聞かぬうちに、オリヴァーはもう後悔していた。ベン・フォックスは顔をそむけた。頬骨の鋭い線、目尻のしわ、突き出している赤い顎鬚《あごひげ》しか、オリヴァーには見えなかった。長い沈黙が続いた――ベンはまるでどこか遠くに行ってしまったかのようだった。オリヴァーはその静寂の重さに耐えきれなくなって、もう一度、訊いた。「そうなんですか？」

「ああ」とベンは答えた。そむけていた顔をオリヴァーの方に向け、まともに彼をみつめてベンは続けた。「だが死産でね。あとを追うようにして母親も死んだ。セアラと違ってもともと体が弱くて、医者は初めから出産は無理だと言っていた。私はべつに構わなかった。子どもがいなけりゃいないで、それなりに二人で暮らして行こうと思っていた。だが妻は、子どものいない結婚なんてと聞かなかったんだ……」

「セアラはそのこと、知ってるんですか？」

「いいや」とベンは首を振った。「私はここにくるまでブリストルの大学で英文学を教えていたんだが、妻が死んでからというもの、彼女と暮らした家に住む気がしなくなった。それで仕事をやめ、家を売って、できるだけ辺鄙《へんぴ》な場所にひっこみたくてここにきたんだ。木彫りはわたしの趣味だった。今ではそれで何とか生活を立てている。この土地の人たちは親切だ。そのうえ、わたしのプライバシーを尊重して、立ち入ったことは何一つ訊かずに受けいれてくれた」

「誰にも言わなかったことを、ぼくに話してくれたんだね」とオリヴァーはつぶやいた。

「きみも、誰にも話さなかったことを、わたしに話してくれたじゃないか」

「ぼく、あなたが何かから逃げてるんじゃないかって想像してたんです」とオリヴァーは打ち明けた。「何か秘密を隠しているに違いないって」

「そう、言ってみりゃ、自分自身から逃げていたんだろうな」

「逃げるのはもうやめたんですか？」

「たぶんね」ベンはにっこりした。ベンの笑顔を見るのは初めてだった。目尻に皺がより、白い歯がこぼれた。大きな手を伸ばして、ベンはオリヴァーの髪の毛をくしゃくしゃにした。

「逃げるのは、そろそろやめにしなけりゃね。きみもそうだ。きみも人生にまともに立ち向かう、いい頃あいだろう。容易なことじゃないぞ。人生には、跳び越えなければならないハードルがいくつも待っているんだから。おそらく死ぬまでね」

「ええ」とオリヴァーはつぶやいた。「わかるような気がする」

二人はしばらく黙ってすわっていた。心合う同士の間のそれのように快い沈黙であった。「ここでウィルを待つかい？　それとも昼飯を食いに行こうか？」とベンが訊いた。

「ぼく、ビーフバーガーが食べたいな。それにぼくたち、邪魔かもしれないもの。ウィルはきっと、セアラと二人だけになりたいと思うんじゃないかしら」

「それが思いやりってものだよ」とベンは言った、「大人らしい、やさしい思いやりってものだ」

父のいない午後

The Blue Bedroom

夕日が西の空にかたむき、砂丘の上に長い影が落ちるころには、浜辺の人影はしだいにまばらになっていた。まだ遊び足りずに暖かい浅瀬でぐずぐず言っている子どもたちに呼びかける母親たちの声がひとしきり聞こえていたが、眠たがっている、よちよち歩きの子どもはすでにバギーに乗せられ、バスケットの中にはサンドイッチやクッキーの食べ残しが収められていた。見えなくなっていたサンダルの片方とか、タオルも拾いあつめられて、七時ごろには浜辺はほとんど人けがなくなった。水難監視小屋の戸口の脇のキャンプ・チェアにすわっている監視員のほか、残っているのは飽きもせずにまだ波乗りを繰り返している泳ぎ手が二人ばかりと、言うことを聞かない犬を引き立てて磯づたいに歩いている女の人が一人といったところだった。

そう、そしてエミリーとポーシャの二人と。

エミリーは十四歳、ポーシャは一つ上の十五歳だった。エミリーはこの村で生まれ、村の教会のすぐ向こうに立っている古い家で暮らしてきた。建て増しを繰り返してきたので、だだっぴろくて少々不細工な感じのする家だった。

ポーシャはロンドンっ子。しかし、エミリーがようやく物心がついたころからポーシャの両親は毎年の八月いっぱい、この海岸のラスコムさんの家を借りることにしていた。ラスコムさんの夫婦は八月は家をポーシャの一家に明け渡して、スコットランドのどこか辺鄙《へんぴ》な（くしゃみの音に似た名の）村に住む、娘のところに出かける習慣だった。

そんなわけで、ごく小さいころからエミリーとポーシャは毎夏一緒に遊んできた。二人は普通だったら、お互いの存在にほとんど気づきさえしなかったかもしれない。本当のところ、共通点らしいものがほとんどと言っていいくらいなかったのだから。けれどもポーシャの兄さんや姉さんは彼女よりずっと年上だったし、エミリーの方は一人っ子だったから、親たちも二人が一緒に遊ぶのを奨励していた。つまり、夏の間のお友だちといった寸法で、二人はそれなりに仲よくゆききしていた。打ち明け話をしあうこともあった。

その午後、浜辺に行こうと提案したのはポーシャだった。昼食後、電話があった。

「……ねえ、あたし、今一人なのよ。ジャイルズは友だちとストック・カーのレースに行っちゃって」ジャイルズはポーシャの兄さんでケンブリッジの学生。ウイットのある、なかなか博識の青年だった。「カー・レースって、あたし、好きになれないの。暑苦しいし、空気がわるいし」

エミリーが黙っているとかすかな躊躇《ちゅうちょ》を察したのだろう、ポーシャはたたみかけるように言った。「ねえ、ほかにすること、ないんでしょ？　どう？」

エミリーは受話器を握ったまま、家の中の、眠気を催させるような昼さがりの静けさに耳をすました。家政婦のミセス・ウォティスは昼食後のあと片づけをすませてフォアボーンに出かけた。泊りがけで妹の家に行くことになっていた。エミリーの父親はその朝、二日の予定だと言いおいて商用でブリストルに出発した。若い継母《はは》のステファニーは二階の寝室で休んでいるらしかった。

「べつに用事ってないけど。そうね、行ってもいいわ」とエミリーは答えた。

「ビスケットか、サンドイッチか、何でもいいから持っていらっしゃいよ。あたしはレモネードを一瓶、持って行くわ。教会のところで待ってるわね」

ポーシャとはまる一年会っていなかったわけだが、教会の前に立っているその姿を見たとたんに、エミリーはがっかりした。ポーシャもなんだわ。

学校でもクラスのたいていの女の子はこのところ、小柄なエミリーを追いこしてめきめきと成長しているようだった。それればかりではなかった。エミリーをのぞいてみんなが進級し、上級の試験を受け、大人並みの特権もいくらか与えられるようになっていた。ただ一人、エミリーだけが万事に安全な子どもの領域に踏みとどまり、すでに知りぬいている、見慣れた世界におたおたしているのだった。

ほかの子たちと一緒に未知の世界に旅立ちたいという憧れは、彼女も感じていた。しかし最初の一歩を意識的に踏みだす勇気がなかった。

ポーシャまでが、すでにその未知の世界の住人であろうとは。

ポーシャは成長していた。体つきからして以前とは大違いで、たった十二カ月の間に子どもから若い娘へと目覚ましい変貌をとげていた。きゅっと締まったウエスト、形のよいヒップ、すんなり伸びた、日焼けした足が極端なくらいハイレグのショーツのせいで、いっそう際立っていた。カールした黒髪がTシャツの肩に垂れ、耳たぶの金色のピアスが、顔に垂れかかる髪を頭を振って払いのけるたびにきらめいた。足の爪にはピンク色のペディキュア、脚にも剃刀を当てているらしかった。

ゴルフリンクを海岸の方に歩いて行く途中で、次のティーへと向かう若いゴルファーと行き合った。去年だったら、エミリーはもちろん、ポーシャにも目もくれなかったろうに、二人の青年の目はたちまちポーシャに釘付けになった。ポーシャもまた、十分それを意識してふるまっていることを、エミリーは見て取っていた。青年たちの快い、賛嘆の視線を承知していながら、ポーシャはまるで気づいていないような素振りをしていた。急に気取った様子で足を運びはじめたこ

と、風で目の前に吹きつけられた髪を勢いよく頭を振って払いのけるしぐさからも、意識しているのは見え見えだったが。

青年たちはエミリーにはまるで無関心だったし、エミリーも自分が注意をひこうとは期待していなかった。どこと言って目立たない、棒を呑みこんだような体つき、藁《わら》のような、つやのない髪の毛の十四歳の女の子に、誰が心をひかれるだろう？　おまけに度のつよい眼鏡まで掛けているのだから。

「あなたったら、まだ眼鏡なんか、かけているの？」とポーシャが言った。「コンタクト・レンズにすればいいのに」

「ええ、でももっと大きくなってからでないと」とエミリーは答えた。

「あたしの組にコンタクト・レンズをいれてる子がいるんだけど、最初は泣きたいくらい痛かったそうよ」

そう聞いただけで、エミリーは何だか気分がわるくなってきた。いくら小さくてもレンズを目の中にいれるなんてまっぴらだった。爪を切ってもらうのだって苦手なくらいで（母親が生きていたときに、小さな爪やすりの使い方を教わっていたが）、コンタクト・レンズをいれるなど、砂まじりのサンドイッチを食べさせられるのと同じくらい、願い下げにしたいというのが正直な気持であった。

コンタクト・レンズのことをそれ以上、話題にしたくなかったので、エミリーはポーシャに訊いてみた。

「あなた、この夏、Oレベル（普通課程修了査定試験）を受けたの？」

ポーシャはうんざりしたような表情で答えた。「ええ、でも結果はまだ聞いていないのよ。そうひどくはなかったと思うけど。嫌になっちゃうわ、うちの親たちったら、今度はAレベル（上級課程修了査定試験）を受けろって言いだしてるの。そうなるともう二年、今の学校に行かなきゃならないでしょ。そんなの、あたし、とても我慢できないわ。親たちを説得して、来年の夏には退学したいと思ってるの。Aレベルを受けるための塾にでも通うことにして。学校って、息がつまりそうで、あたし、大嫌いなのよ」

エミリーはこれには答えなかったが、ポーシャが訊き返した。

「あなたはどうなの？　つまり、Oレベルのことだけど」

エミリーは顔をそむけた。近ごろは何かのはずみでふっと涙があふれそうになることがあるのだが、今もそんな予感があった。

「来年、受けることにしたわ」

入江の向こうを一台の車が遠くの浜辺に向かってゆっくり走っていた。その窓に日光が当たって、信号でも発しているようにチカチカと光っている。目をそらさずにみつめているうちに、涙はどうやらおさまったようで、エミリーはほっとして言葉を続けた。

「今年、受けるつもりだったんだけど、校長先生のミス・マイルズが、もう一年待ったほうがいいんじゃないかっておっしゃって」

ミス・マイルズに呼び出されたときのことはエミリーにとって、悪夢のような思い出であった。ミス・マイルズはとてもやさしく、思いやりぶかくいろいろと言ってくれた。それなのにエミリーはあまりにも惨めで気持が落ちこみ、麻痺したように身を固くしてすわってミス・マイルズの顔をぼんやりとみつめていた。その良識のある助言も、ほとんど耳に入っていなかった。

「あなたの今の状況で〇レベルにパスするとは、誰も期待していないわ、エミリー、ああした不幸があったあとですもの。それに結局のところ、急ぐ必要はまったくないんですからね。あなたの場合、もう一年、待つ方がいいんじゃないかしら。時というものはね、傷をいやす、大きな力をもっているんですよ。一年たっても、あなたが亡くなったお母さまを忘れることはないでしょう。そんなことがあるわけはありませんとも。でもねえ、一年のうちには、すべてが今よりよほど耐えやすくなっているでしょうからね……」

エミリーとポーシャは鉄道の上の橋にさしかかっていた。ゴルフ・リンクを砂丘から分かつ、小さな木造の橋だった。半ばほど渡ったところで、二人はいつものように足を止めて欄干から身を乗りだして下を見下ろした。ぐっとカーブして走っている鋼鉄の線路が今日のつよい日ざしを反射してギラギラと光っていた。

「うちのお母さんから聞いたんだけど、あなたのお父さん、再婚なさったんですって？」

「ええ」

「今度のお母さんてどんな？　あなたにやさしくしてくれる？」

「ええ」それっきり、何も言わないのはステファニーにたいする中傷になるような気がして、エミリーはあわてて付け加えた。「まだとっても若いの。やっと二十九なのよ」

「知ってるわ。お母さんがそう言ってたから。もうじき赤ちゃんが生まれるんですってね？　あなた、嫌じゃない？」

「いいえ」とエミリーは嘘をついた。

「でも、ちょっと変な気がしない？　赤ん坊の弟か、妹が生まれるなんて――つまり、今ごろになってってことよ。あたしたちくらいの年になってから」

「べつに」

ベビーベッドはあたらしく購入されたが、乳母車はエミリーのものをそのまま使うことになり、父親が屋根裏から下ろし、ステファニーがきれいに洗って磨き、車輪に油を差した。パッチワークの小布団をつくりもした。いま、その乳母車は洗濯場の一隅に置かれて、赤ん坊の誕生を待っている。

「だってあなた、これまで弟も妹もいなかったんでしょ?」とポーシャは食い下がった。「ちょっと変な気持じゃないかと思って」

「べつに」橋の手すりは少しざらざらした手触りだったが、ぬくもりをもち、かすかにクレオソートの匂いがした。「べつに、どうってことないわ」エミリーは手すりの木のささくれを無意識にむしって下の線路の上に落とした。「ねえ、もう行かない? 暑いし、早く泳ぎたいわ」

二人はうつろな足音を響かせて橋を渡り、砂まじりの小道を砂丘の方向に歩きだした。


ポーシャとエミリーは一泳ぎしてから砂浜にうつぶせに寝て、頭だけお互いの方に向けて降り注ぐ日ざしを背中に浴びながら話し合った。もっともしゃべったのはもっぱらポーシャで、次の休暇にはスキーに行くつもりだとか、たまたま知り合った男の子がローラー・ディスコに連れて行こうと約束してくれたとか、誕生日に父親がスウェードのジャケットをくれることになっているとか、ほとんど立て続けにしゃべっていた。ステファニーのことや、やがて生まれてくる赤ん坊のことはそれっきり持ちださなかったから、エミリーはありがたく思って聞き役に回っていた。

そして今、夏の日が暮れなずみ、そろそろ家路につくときがきていた。潮が変わり、大波が打ち寄せるあたりの砂はすでに湿って黒ずみはじめた。海は熔けた金属を流しこんだようにまぶしいばかりに輝いていたが、その上の空はあいかわらず雲一つなく、紺青色をますます深めていた。

ポーシャはふと時計を見た。

「じき七時だわ。あたし、もう帰らないと」と、ビキニの海水着から湿った砂を払い落としはじめた。「今夜は、家で夕食会を開く予定になってるの。ジャイルズが友だちを連れてくるはずで、あたし、夕食の支度はちゃんと手伝うからってお母さんと約束して出てきたのよ」

エミリーは、お互いによく知りあっている若い人たちがポーシャの家に集まっているところを想像した。びっくりするほど、たくさんのご馳走を平らげ、ビールを飲み、ステレオからヒット曲を流してにぎやかにワイワイ言っている人たち。うらやましくもあり、少し恐ろしくもある光景であった。

エミリーは海水着を着たまま、Tシャツを頭からかぶった。「あたしも、もう帰らなくちゃ」

「もしかして、お宅でもパーティーの予定か何か?」とポーシャがいつになく関心をもって丁寧に訊き返した。

「いいえ、ただ父さんが留守で、ステファニーが一人だけだからもう帰らないと」

「つまり、今夜はあなたと意地悪な継母《はは》と二人だけってことね」

エミリーはすぐに言った。「ステファニーは意地悪じゃないわ」

「あら、ごめんなさい。ほんの言葉の綾よ」とポーシャはタオルや日焼けどめオイルをあつめて、横腹に赤い大きな字でST TROPEZ（サン・トロペ）と大文字で赤くプリントされているキャバス地のバッグに押しこみはじめた。

二人は教会の前で別れた。

「楽しかったわ。また会いましょうね」とポーシャは言って、ひょいと手を振って歩きだした。しかしそのうちに足取りが速まり、ついには走りだした。そんな友だちの様子を、エミリーはたたずんだまましばらく眺めていた。急いで帰って、髪を洗い、パーティーの支度をするんでしょうね、きっと――と思いながら。

パーティーにこないかと誘われはしなかったが、エミリーは招かれることを期待していなかった。それにどんなパーティーにしろ、行きたいなどとは思ってもいなかった。といっても、とくに早く家に帰りたいわけではなかったし、今夜はステファニーと二人だけだと考えると気づまりでもあった。

ステファニーとエミリーの父親が結婚して、かれこれ一年になる。けれども二人だけで夜を過ごすのはこれが初めてだった。父親が間に入って会話を取り持ってくれるのに慣れていたから、エミリーは二人だけの夜について何となく屈託を感じていた。何を話題にしたらいいだろう？

少ししてエミリーは家に向かって歩きだした。教会の前の草地をぬけ、カシワの葉の茂る並木道を進み、轍《わだち》の目立つ小道に折れた。小道の果てに海が遠くかすんで見えた。開けひろげた白い門を入ると、自動車道の屈曲部の向こうにわが家が見えた。

すぐ家に入る気がしないだけでなく、奇妙な胸騒ぎをエミリーは覚えていた。エミリーは立ち止まって、住み慣れた家をいまさらのように眺めた。わが家。しかし母親が亡くなってからというもの、本当のところ、わが家という気があまりしなくなっていた。それどころか、父親がステファニーと結婚してからは、何となく他人の家のような感じがしはじめていた。

いったい、何が変わったというのか？　小さな、しかし、微妙な変化が起こっていた。以前のように編み物とか、縫い物が出しっぱなしになっていることがなくなり、本や雑誌が取り散らかっていることも稀だった。クッションがつぶれたままになっていることも、敷物がめくれたり、ゆがんだりしていることも、絶えてなくなった。

花の飾り方からして、以前とは違ってしまった。エミリーの母親は花が好きではあったが、活け方にとくに凝るということはなく、抱えきれないほどの大きな花束を、とくに鋏《はさみ》を入れるでもなくそのまま花瓶に挿した。ところがステファニーはというと、花の活け方にかけてはまるで魔術師のようだった。台座の上にすえられたクリーム色の壺にデルフィニウムとグラジオラスがバラやスィートピーや、ステファニー以外の誰も摘むことさえ思いつかないような、奇妙な形の葉などをあしらって、形よく活けてあったりした。

そうした変化はまあ、当然とも思われ、我慢もできた。エミリーにとってほとんど耐えがたく思われたのは、そして彼女の世界をひっくりかえしてしまったのは、亡くなった母親の寝室の変わりようだった。模様替えは家のほかの部分にはおよばなかった。調度も以前と同じだったし、ペンキの塗り替えさえ行われなかった。けれども青い水をたたえた入江と庭を見晴らす、二間続きのひろい寝室は家具類をすっかり出して全面的に建て直され、面目を一新していた。

父親が抜き打ち的にこうした改装をしたというわけではない。いや、彼は前もって寄宿学校のエミリーにあてた手紙の中でこんなふうに説明をしていた。

「寝室はパーソナルな部屋だ。おまえのお母さんの寝室をそのまま使うことをステファニーに求めるのは、彼女にたいして公平とはいえない。おまえのお母さんが大切にしてきたものをステファニーが使うということが、お母さんにとって公平でないように。それでこの際、寝室をすっかり模様替えすることにした。休暇で帰ってきたら、たぶん、見違えるほどだろう。どうか、気をわるくしないでおくれ。わたしはおまえにこのわたしの気持を理解してもらいたいのだよ。改築はそれだけで、家のほかの部分には手をつけなかった」

エミリーは今、その寝室のことを考えていたのだった。母親が生きているころには古びてくたびれた感じではあったが、それなりにとても居心地のいい部屋だった。いろいろなものが雑然と置かれていたが、それぞれの家具や調度が、ちぐはぐなりにしっくり共存しているという感じがした——いろいろな花の種を無計画に花壇に蒔《ま》いたときのように。カーテンも敷物も色あせていたし、エミリーのお祖母さんのものだったという大きな真鍮製のベッドには白いクローシェ編みのカバーが掛けてあった。たくさんの写真が部屋のあちこちに飾られ、壁には古めかしい水彩画の額がいくつか掛かっていた。

けれども今ではすべてが青みがかった野鳥の卵のような色の、落ち着いたブルーに統一されていた。カーペットも同じ系統の少し淡い色合いのものだったし、サテンのカーテンも同じ色調のブルーで、抑えたクリーム色の布地で縁取りされていた。真鍮製の古いベッドは姿を消し、かわりにキング・サイズの、ソファ・ベッドにもなる豪華な感じのものが据えられた。カーテンと同じ材質のフリルが付き、壁の上方に取りつけた小さな冠の形をした金メッキの飾り釘から吊り下がっている白いモスリンの天蓋に半ば隠されていた。床のあちこちには毛足の長い、ふわふわした白い敷物が配置され、浴室のまわりには鏡がはまり、魅力的な形の化粧品の大瓶小瓶が並んでいた。

すべてにスズランのさわやかな香りがまつわっていたが、これがステファニーの好みの香水なのだということを、エミリーはほどなく知った。エミリーの亡くなった母親は香水はつけず、オーデコロンとフェイス・パウダーの匂いを漂わせていたものだったが。

夕明かりの中にエミリーはしばらくじっとたたずんでいた。泳いだために髪はぬれ、日焼けした素足に砂がこびりついていた。突然、エミリーは何もかも以前のようだったらいいのにと胸が痛むほど、つよく思った。「マミー！」と声高に呼びながら玄関から走って入ると、二階から母親のおだやかな声が答える。寝室に入って行き、いつもやさしく迎えてくれるような広々としたベッドの上に小さく体をまるめて寝そべり、母親が化粧台に向かってすわって、なかなか言うことを聞かない、短い髪をブラッシングしているのを、あるいはクリスタルの容器におさめられているパフを取って、香りのよいパウダーを鼻の頭にはたきつける様子を見守ることができたら……

ステファニーにたいして、エミリーはどうしても親しみをいだくことができなかった。嫌いというわけではない。ステファニーは若くて美しかったし、エミリーにもやさしくしてくれた。エミリーの心の一隅にでもいいから、入らせてほしいとせいいっぱいの努力をしていた。けれども

二人はどちらも、ひどく内気なたちだった。相手のプライバシーをおかしてはいけないとすべてに控えめだった。赤ん坊のことがなかったら、もっと気安い関係が生じていたかもしれない。しかし一カ月後には赤ん坊が生まれることになっていた。その子はやがてエミリーのその昔の子ども部屋のベビーベッドに眠るだろう。小さくても、おろそかにはできない重要な存在で、父親の愛情のおおかたを独占するに違いない。

エミリーは、弟にしろ、妹にしろ、赤ん坊なんか、生まれてこなければいいのにと思っていた。もともと赤ん坊というものは、あまり好きでなかった。一度テレビで、生まれたばかりの赤ん坊に産湯をつかわせているところを見たことがあったが、おたまじゃくしか何かを扱っているようで、正直なところ、ぞっとした。

折々彼女は時をさかのぼって小さな子どものころに戻れたらいいのにとしみじみ考えることがあった。せめても十二歳の日々に戻ることができたら。近ごろはとくに、奇妙に心をさわがせるさまざまなことが望みもしないのに自分の心身に起こっているといった感じがふっきれなかった。以前のようだったらといつも考えているから、それだから勉強の方もつまずきがちで、ゲームをやってもとかくへマばかりしているのかもしれない。それだから留年ということになったのかも。

次の学期には、何の共通点もない年下の女の子たちと同じクラスになるわけだったし、彼女の自信はすでにどうしようもなく磨り減っていた——高波に洗われ、風に揉みたてられている断崖の表面のように。ときには何につけても決断を下すことができないような、どんなことにせよ、達成することが到底望めないような、みじめな気持に落ちこむことがあった。

しかしくよくよ思い悩んでいたところで、問題が解決するわけではなかった。夜はまだこれからだ。避けるわけにはいかない。自動車道を上がり、水着やタオルを物干しの紐に吊るして留め、エミリーは裏口から家の中に入った。台所はしみ一つなく、きちんとかたづいていた。ドレッサーの上方の壁に掛かっている、木の枠のまるい時計が、植木鋏《ばさみ》が調子よくチョキチョキと鳴っているような音を立てて時をきざんでいた。

エミリーはサンドイッチの残りをテーブルの上にあけ、玄関のホールに立った。開け放しになっている玄関の戸口から、暮れ方の黄色い日光が長々とさしこんでいた。エミリーはその日だまりにたたずんだまま、耳をすませた。家の中はしんと静まりかえっていた。居間をのぞいてみたが、ステファニーの姿はここにもなかった。

「ステファニー！」

散歩にでも行ったのかしら。ステファニーは夕方、少し涼しくなってから散歩をするのが好きだった。エミリーは階段を上がった。上がり口に立つと、ブルーで統一された、広々とした寝室のドアが半開きになっているのが見えた。エミリーはふとためらった。と、部屋の中から声がかかった。

「エミリー、あなたなの？」

「ええ」開いているドアから、エミリーは部屋に入って行った。

「ああ、エミリー」

ステファニーはベッドに横になっていた。コットンのゆるやかなマタニティー・ドレスを着たままだったが、サンダルは脱ぎすてたらしく、素足だった。金色の光沢をおびた赤みがかった髪が白い枕カバーの上に乱れ、子どものようにそばかすの目立つ素顔は青ざめて、汗で光っていた。

ステファニーは片手をエミリーに差し伸べた。「帰ってきたのね、よかった」

「ポーシャと泳ぎに行ったの。ステファニーは散歩に出たのかと思っていたのよ」と言いながらエミリーはベッドに近づいたが、伸ばされた手は取らなかった。ステファニーは目をつぶって、顔をそむけ、ハーッと苦しそうに長い吐息をついた。

「どうかしたの？」

たずねるまでもなかった。理由もわかっていた。ステファニーが一息入れて、ふたたび目を開くのに先だって、エミリーは異変の原因を察していた。二人は困惑したように顔を見合わせた。

「赤ちゃんが生まれかけているみたいなの」とステファニーがつぶやいた。

「でも、一カ月先ってことだったんじゃあ――？」

「とにかく、もう始まっているみたいなのよ。いえ、確かだわ。今日はずっと気分がおかしくて、お茶のあと、外の空気を吸いにちょっと出てこようかと思ったんだけど、歩いているうちに痛みが始まって。それで途中で引き返して横になったの。そのうちに痛みもおさまるんじゃないかと思って。でもおさまるどころか、かえってひどくなるみたいで」

エミリーは空唾《からつば》を呑みこみ、出産について、これまで読んだり聞いたりしたことを思い出そうとつとめた。「痛みはどのぐらいの間隔？」

ステファニーはベッドの脇のテーブルの上にのっている金色の腕時計を取り上げた。「たった五分間隔なのよ」

五分間隔！　エミリーの胸は早鐘のように打ちはじめた。彼女はこっけいなほど、ふくれあがっているステファニーの腹に目を落とした。小枝の模様の、たっぷりしたマタニティー・ドレスの下の腹は、あらたな生命のきざしを宿してかたく緊張しているようだった。エミリーは夢中で、片手をそのふくれた腹部に置いた。

「最初の子どもって、生まれるまでにとても時間がかかるって聞いてるけど」

「人によりけりで、決まった規則なんてないみたいよ」

「病院に電話した？　お医者さんには？」

「いいえ、まだ何も。動いたためにどうかなったらと恐ろしくて、電話をかけに行く気になれなかったの」

「だったら、あたしが電話をするわ。今すぐ」そう言いながらエミリーは、ミセス・ウォティスに聞いた、娘のダフニのお産のときのことを思い出そうと努力した。「病院に頼めば、救急車をよこしてくれるわ」ミセス・ウォティスのところのダフニは、ぎりぎりまで待ったもので、あぶなく病院に着く前に生まれてしまうところだったとか……。

「病院にはジェラルドが連れて行ってくれるはずだったのに」とステファニーがつぶやいた。ジェラルドとは、エミリーの父親の名だった。「ジェラルドの留守中に——それも家で出産するなんて……」ステファニーの声はとぎれ、見る見る目に涙があふれた。

「仕方ないかもよ」とエミリーが言うと、ステファニーは堪《たま》りかねたように泣きだしかけたが、そのとたんに、「ああ——また始まったわ！」と悲鳴をあげて、エミリーの手を探りもとめた。

その一瞬かそこらはエミリーにとって、恐ろしいほどの力をこめて彼女の手を必死に握りしめ

ているステファニーの指先と、ことさらにゆっくりとしたその息づかい、そして我知らず、その口をもれる苦痛のあえぎのほか、何も存在していないかのように思われた。永遠に続くかと思われたその緊張のときは、しかし、徐々にではあるが、やがて過ぎ去り、ステファニーは力を使いはたしたようにぐったりと横たわり、エミリーの手を握りしめていた指先もそれとともにゆるんだ。

エミリーはそっとその手を放させ、席を立って浴室に行き、きれいなタオルを冷たい水でぬらして固くしぼると、ベッドの脇にもどった。そして汗の光るステファニーの顔をタオルで拭き、ついでそれをたたんで額に乗せた。

「すぐもどるけど、ちょっと階下に行って電話をしてくるわ。耳を澄ませているから、用があったら、大声で呼んでちょうだい……」

電話機は書斎の父親の机の上にもあった。エミリーは電話をかけるのが大嫌いだったから、せめても父親の大きな椅子にすわることで、安心感を得たかったのであった。そうすることで、父親の存在を近々と感じたくもあった。

病院の電話番号は机の上の番号簿に書きつけてあった。エミリーはその番号を慎重にダイアルし、応答を待った。そして男の人の声が答えると、強いて落ち着きを装って、「産科をお願いします」と言った。またしばらく待たされ（エミリーには、それは永遠とさえ思われたのだったたが）、心配と苛立ちで気分までわるくなってきた。

「産科です」という声が聞こえた。

あまりほっとしたのでしどろもどろになって、「ああ、あの……あたし……あの」と言って唾を呑みこみ、最初から言い直した——今度はもっとゆっくり、「あたし、エミリー・ブラッドリーっていいます。あたしの——継母《はは》が一カ月後に入院する予定だったんですが、始まったみたいなんです。あの——痛みが……」

「そう」と冷静な声が、ありがたいくらい、実際的な声が答えた。糊の利いた、白い清潔な制服を着た看護婦が、答えながらメモ用紙を引き寄せ、ペンのキャップをはずしているところを、エミリーは想像した。まるで統計資料の数字を書きつける用意をしているかのように落ち着きはらった声だった。「あなたの——お継母《かあ》さんのお名前は？」

「ステファニー・ブラッドリー、ミセス・ジェラルド・ブラッドリーです。一カ月後に入院する予定だったんですけど、出産が迫っているんじゃないかと——あの、今日のうちに——というか、じきに生まれるんじゃないかって……」

「痛みの間隔を計ってみましたか？」

「ええ、五分間隔です」

「病院に連れてきた方がいいみたいね」

「できないんです。車がありませんし、あたし、運転もできないんです。父は留守で、あたししかいなくて」

のっぴきならぬ非常の場合なのだということがようやくわかったらしく、看護婦はてきぱきと言った。「だったらさっそく、救急車でお迎えに行くことにしましょう」

「すみません」とエミリーはミセス・ウォティスのダフニのことを思い出して、あわてて付け加えた。「できれば看護婦さんにも付き添ってもらうほうがいいと思うんですけど」

「住所はどちら？」

「カーントン村のホィール・ハウスです。教会の先の小道を入ったところです」

「ミセス・ブラッドリーのお医者さまはどなた？」

「メレディス先生です。救急車をよこして、病院のベッドを用意しておいてくだされば、先生にはあたしから電話します」

「救急車はたぶん、十五分くらいで到着すると思いますよ」

「ありがとうございます。本当にどうも」

受話器を置くと、エミリーはちょっとの間、唇を噛みしめて立っていたが、医者に電話する前にまずステファニーの様子を見てこようと寝室に取って返した。急がなければという思いと、責任の重さの実感と、この場の重大さを自覚してだろう、足に羽でも生えているように階段を一段おきに駆け上がっていた。

ステファニーはあいかわらず目を閉じたままで、身動きをした様子もなかったが、エミリーが声をかけるとぽっかり目を開けた。エミリーは力づけるようににっこりした。

「だいじょうぶよね？」

「さっきまた、さしこんできて。四分間隔になってるの。エミリー、わたし、もう恐ろしくて」

「こわがっちゃだめ。病院には電話したわ。救急車と看護婦さんがすぐにきますって。十五分で着くそうよ」

「何だかのぼせてしまって。それに、ひどい格好でしょう？」

「あたしが手伝って服をぬがせてあげるから、きれいな寝間着に着替えるといいわ。そうすれば、気分がずっとすっきりするんじゃない？」

「そうしてくれる？　寝間着はそこの引き出しの中よ」

引き出しを開けると、白いローンの寝間着がきちんとたたんでしまってあった。スズランの香りを漂わせ、レースの飾りのある、美しいものだった。エミリーがステファニーのくしゃくしゃになったマタニティーをそっとぬがせ、ブラジャーとパンツをはずすのを手伝ううちに、ふくれた下腹があらわになった。誰のにもせよ、エミリーはそんな姿をこれまで一度も見たことがなかったが、自分でも意外なことに、醜悪だなどとは少しも思わなかった。むしろ、一種の奇跡を前にしているような気がしていた。確実に生命の通っている赤ん坊を宿している安全な、暗い巣。しかもその小さな生命はすでにそれ自身の存在をこちらに伝えており、もうじきこの世に生まれ出るぞと宣言しているのだった。

エミリーは突然、自分が恐れてもあわててもいないことに気づいた。むしろ興奮に胸が高鳴っているようだった。彼女はステファニーの頭から寝間着を着せかけ、袖に手を通させた。それから化粧台の上からヘアブラシとベルベットのリボンを取って渡した。ステファニーは乱れた髪に自分でブラシをかけ、リボンで結ぶとふたたび横になって、痛みの波の次の襲来に備えた。

待つ間もなく、痛みはまた彼女を襲った。そのひとときが終わったとき、エミリーはステファニーと同じくらい、疲れきっていたが、気がついて時計を見た。確かに四分間隔だった。

四分間隔だとすると――エミリーは気もそぞろに頭の中で計算してみた。わるくすると、赤ん坊は救急車が病院に着くのを待たずに生まれる可能性がある。ということは、ここで、この家で、このブルーずくめの寝室の、このしみ一つないベッドの上で出産するということも十分ありうる。赤ん坊が生まれるときは、まわりがひどく汚れる。それくらいのことは本で読んで知っていたし、ペットの虎猫が縞模様の毛の仔猫を何匹か産むのに立ち会ったこともあった。用心をしておくに越したことはない。どういう手段を講じておいたほうがいいか、エミリーにはわかっていた。リネン類がつまっている戸棚から、彼女はステファニーが出産に備えて買っておいたゴムのシートと白い厚手のバスタオルを一山取り出した。

「よく気がつくのねえ」エミリーがステファニーを横たわらせたまま、苦労してベッドを作り直したとき、若い継母《はは》はつくづく感心したように言った。「何もかも手落ちなく考えてくれて、ほんとうにありがとう」

「破水するといけないと思って」

ステファニーはふと心をくすぐられたのだろう、青ざめた顔をほころばせて小さな笑い声を立てた。「そんなことまで、どうして知っているの?」

「さあ、どうしてかしら。マミーが赤ちゃんが生まれるってことについて、いろいろと話してくれたの。生きていくうえで知っておいたほうがいいことを話し合ったときに。そのとき、マミーは芽キャベツの外側の汚れた皮をむいていたんだけど、あたし、流しの側に立ってマミーの手先を見つめながら、子どもを生むのって、ずいぶん大変みたいだけど、もっと楽な方法があるんじゃないかしらって考えたのを覚えてるわ」こう言ってから、そっと付け加えた。「もちろん、そんな方法、あるわけないのよね」

「ええ、ないでしょうね」

「マミーには、子どもはあたししか、生まれなかったわけだけれど、でもあたし、ほかの女の人の話を、聞いたことがあるの。赤ちゃんがいったん生まれてしまうと、痛かったことなんか、きれいに忘れてしまうものなんですって。ただとってもすばらしい経験だったってことを覚えているだけで。そんなふうにずっと忘れていて、いざ、次の赤ちゃんを生むときになって、以前、痛かったり、苦しかったりしたことをあらためて思い出して、『どうかしてたんだわ、あたし、あんな思いをもういっぺん、繰り返す気になるなんて』って後悔するんだけど、そのときにはもう引き返せないんですって。さあ、あたし、よかったらメレディス先生に電話をかけてくるわね」

電話に出たのはミセス・メレディスだった。先生は往診に出かけたということだったが、診察室にメモを残しておこうと言ってくれた。往診の途中で、あたらしい往診の依頼が入っていないかどうか、電話を入れて問い合わせることがよくあるから——とミセス・メレディスは言った。

「一刻をあらそうんです」とエミリーは言って、ステファニーの様子を説明した。ミセス・メレディスは、「それだったらわたしが電話して、往診先で捕まえるようにするわ」と言ってくれた。

「病院には電話をしたんでしょうね、エミリー?」

「ええ、救急車をよこしてくれるって。看護婦さんも。そろそろ着くんじゃないかと思ってるんですけど」

「ミセス・ウォティスはいるの？」

「いいえ、フォアボーンに行って留守なの」

「あなたのお父さんは？　お宅にはいらっしゃらないの？」

「ブリストルに出かけて、こっちのことは何も知らないのよ。今はステファニーとあたしと二人だけなの」

わずかな間を置いて、ミセス・メレディスは早口に言った。「先生はだいじょうぶ、わたしが必ず行方をつきとめて、お宅に行かせますからね」そして電話を切った。

「あとは父さんに連絡を取るだけだわ」とエミリーが言った。

「いいのよ」とステファニーは首を振った。「何もかもすっかりすんでからでいいわ。さもないとジェラルドはどうしようもなく気をもむでしょうから。それにあの人がここにいたからって、できることもないわけだし。赤ちゃんが生まれるまで待って、それから知らせればいいわ」

エミリーとステファニーは顔を見合わせてにっこりした。ともに一人の男を愛し、できれば余計な心配をかけたくないと願っている二人の女の、そう、女同士のそれとない了解の微笑であった。しかし次の瞬間、ステファニーは大きく目を見開き、口を開けてハッと苦しげに喘いだ。

「ああ、エミリー！」

「だいじょうぶよ」とエミリーはその手を取った。「安心していて。あたしはもうどこにも行かないわ。ちゃんとここにいるわ。だから、ね？」

五分後、村の人々はけたたましいサイレンの音に何事かと驚いた。救急車は騒々しい音を立てて小道から折れて門を入ると自動車道を直進し、エミリーが出迎える間もなく、担架をたずさえた屈強な男が二人とカバンを持った看護婦がどやどやと入ってきた。エミリーはホールで看護婦に言った。「病院に連れて行く暇は、もうないんじゃないかと思うんですけど」
「それは様子を見てから決めることだわね。お産婦さんはどこですか？」
「二階です。左側の取っつきの部屋です。ベッドの上にゴムのシートを敷いて、タオルをたくさん出しておきました」

「そう、よく気がついたこと」と看護婦はてきぱきと言って、二人の救急隊員を従えて、急ぎ足で階段を上がった。救急車のあとを追いかけるようにして、このとき、一台の車が現われ、砂利道に甲高いブレーキの音を立てて止まると、メレディス先生がまるで鉄砲玉でも飛び出すような勢いで降り立った。

エミリーはメレディス先生とは気のおけない間柄だった。

「どうしたんだね？」

「予定日より一カ月も早いんですけど、暑かったせいじゃないかと思うんです」とエミリーが答えると、メレディス先生は思わず微笑したようだった。「心配はないんでしょうか？　ステファニー、だいじょうぶですか？」

「まあ、診察してみないと何とも言えんが」と先生は階段を昇りかけた。

「あたし、何をしたらいいでしょう？」

先生は階段の途中で足を止めて振り返った。その顔には、エミリーがいまだかつて見たことのない表情が浮かんでいた。

「きみはすでに必要なことをすべてやっておいてくれたと思うよ。きみの亡くなったお母さんは、きみをきっと誇りに思われるだろう。少し外を歩いてきたらどうだね？　庭に行って、夕日を浴びて日だまりにしばらくすわっていたらいい。何かあったら、知らせるよ。安心していなさい」

「きみの亡くなったお母さんは、きみをきっと誇りに思うだろう」エミリーは居間のフランス窓からテラスに降りて、芝生への階段の一段目に腰をおろした。どっと疲れを覚えていた。エミリーは両肘を膝の上について、顎《あご》をてのひらの上にのせた。「きみの亡くなったお母さんは、きみを……」マミー……。不思議なことだが、マミーのことを考えても、なぜか、もうみじめな気持にはならなかった。もはや会うことのできない母親にたいする、痛いほどの哀惜の思いは消えていた。

エミリーはこのことについて思いめぐらした。もしかしたら、いなくなった人が恋しくなるのは、ほかの人が自分を必要としていないときなのかもしれない。

そんなことを考えながらじっとすわって、三〇分ほどもたったろうか、メレディス先生が彼女を探しにきた。フランス窓から降り立つ足音を聞きつけて、エミリーは急いで向き直った。先生は上着を脱ぎ、シャツの袖をまくっていた。ゆっくりした足取りで近づいて、先生はエミリーの脇に腰を下ろした。

「きみに小さな妹が生まれたよ。六ポンド半の体重の、りっぱな赤ちゃんだ」

「ステファニーは？」

「少し疲れてはいるが、元気だよ。模範的なお産婦さんさ」

エミリーは顔いっぱいに微笑がひろがるのを感じたが、同時にのどに大きなかたまりがこみあげ、目にじわじわと涙があふれた。エミリーは眼鏡をはずし、先生が黙って渡してくれた白い大きなハンカチーフで目をぬぐい、鼻をかんだ。

「父さんには、知らせたかしら」

「ああ、今しがた電話で話したよ。もうこっちに向かっている。夜中ごろには着くだろう。救急車は病院に帰ったが、看護婦は泊まってくれるそうだ」

「赤ちゃん、いつ見られるの？」

「見たかったら、今すぐでもかまわないよ。ただしほんのちょっとの間だけだが」

エミリーは立ち上がった。「あたし、すぐ見たいわ」

二階に行くと、忙しそうにあちこちしていた有能そうな看護婦が、顔全体を覆うくらい大きな、木綿の白いマスクを渡した。「用心をするに越したことはありませんからね。月足らずの赤ちゃんだし、気をつけないと」

エミリーはおとなしくマスクをつけて、メレディス先生のあとについて、ステファニーのブルーの寝室に入って行った。ステファニーはいくつもの枕で体を支えて、あの美しいベッドの上に半ば身を起こしていた。その腕の中に、まるで繭《まゆ》に包まれた蚕《かいこ》のようにショールにくるまった小さな頭が――ステファニーと同じ赤みがかった金色のやわらかい毛に覆われた頭が、のぞいていた。小さいながらに完全な一つの人格。彼女の妹であった。

エミリーは身をかがめて、ステファニーの顔に頬を寄せた。マスクが邪魔をしてキスはできなかったが、ステファニーの方が彼女にキスをしてくれた。二人の間の緊張はもはやあとかたもなく、はにかみも消えていた。二人が相手にたいして気後れを感ずることは、もう二度とないだろう。

エミリーは赤ん坊の顔を見下ろした。そして想いをこめてつぶやいた。「とてもかわいいのねえ」

「わたしたち、言ってみれば二人でこの子を生んだようなものよ」とステファニーは少し眠そうな声で言った。「この子はあなたのものでもあるのよ」

「エミリー」と看護婦が口をはさんだ。「あなたはめったにいないくらいの、立派な看護婦になれるわ。わたしだって、これほど手際よく対処することはできなかったでしょうよ」

「わたしたち、本当の家族になったのねえ」とステファニーがしみじみ言った。

「ステファニーが望んでいたことって、そういうことだったの?」とエミリーはそっと訊いた。

「ええ、それだけがわたしの願いだったの」

家族。そう、確かに、すべてが変化していた。以前とはすべてが一変していた。しかし変化がわるいとばかりは言えない。

メレディス先生を見送りに出たエミリーは、先生の車が自動車道のカーブを曲がって見えなくなったとき、すぐには家の中に入って行かなかった。すでにあたりは暗くなっており、暑気の耐えがたかった、長い一日の埋め合わせのように、暗い庭には花のやさしい香りがあふれ、サファイア色の空に最初の星々が光りはじめていた。

美しい夜。一つの人格が本当の意味で生きはじめるのに、成長の第一歩を踏みだすのに、ふさわしい夜。

エミリーはぐったりと疲れを感じていた。眼鏡を取って目をこすりながら、彼女は手の中の眼鏡をじっと眺めた。コンタクト・レンズも、使ってみればそうわるくないかもしれない。ステファニーだって、あれだけの痛みに耐えたんだもの。あたしだって、コンタクト・レンズをはめるくらい、我慢できないわけはないわ。

試してみよう。もっと大きくなったら、きっと試してみよう。

再会

Endings and Beginnings

「きみも、一緒にきたらいいじゃないか」とトムは言ってみた。エレインの反応が予測できるので、すでにあきらめ気分だったが。

エレインはせせら笑った。形のいい鼻におよそそぐわぬ、馬の鼻息のような音だった。

「あなた、正気なの？　ねえ、ノーサンバーランド州の古ぼけたお城でこごえ死にしかけているわたしを想像してみてよ。どう？」

「まあね」とトムは正直に認めた。

「それに、わたし、招待されていないのよ」

「それは問題じゃないよ。メイベル伯母さん、きっと大喜びすると思うよ。初対面でも、若いお客はいつだって大歓迎なんだから。とくにきみのようにチャーミングだったらね」

エレインは強いてさりげない表情を取りつくろった。賛辞を、吸い取り紙のように貪欲に吸いこむたちだったのだ。

「おあいにくさま、お世辞は通用しないわよ。わたし、怒っているのよ。あなたは、この週末にはわたしと一緒にステインフォース家に行くはずだったのに。あの人たちに、何て弁解したらいいの？」

「本当のことを言えばいいさ。ぼくがメイベル伯母さんの七十五歳の誕生祝いで、北部に行かなきゃならなくなったって」

「でもなぜよ？」

「身内の者が誰か、顔を出すべきだからさ」とトムは辛抱強く、もう一度説明した。「ぼくの両親はマジョルカにいる。妹は結婚してホンコンに行ってしまった。このことはもう三べんも説明したはずだよ」

「でもわたし、どうしてもわからないのよ。なぜ、あなたがこんなふうに間際になってからわたしをつっ放したのか。そういうのって、わたし、慣れていないのよね。ひどいんじゃない？」と言って、エレインは言葉と裏腹に艶然《えんぜん》と笑ってみせた。

「ほかの人のためだったら、そんなこと、思いもしなかったろうよ。だがメイベル伯母さんは特別な人なんだ。ネッド伯父さんは何年か前に亡くなって、子どももいないし、今ではひとりぼっちなんだからね。伯母さんはいつも、ぼくら親類の子どもたちにそりゃあ、よくしてくれた。あの年でパーティーを計画するなんて、おおごとだったに違いない。見上げた話だと思うのさ。こっちとしても万難を排して行かなきゃ、男がすたるってものだ。それに実際のところ」と彼は白状した。「ぼく自身、行きたいんだよ。ねえ、一緒に行こうよ」

「知ってる人が一人もいないのよ」

「着いて五分もすれば、誰もが昔からの知り合いのようになるさ」

「それにわたし、寒いところって大嫌い」

そう言われて、トムはついに説得をあきらめた。これまで彼はエレインを同伴してパーティーに行っては鼻高々で知り合いに紹介してまわり、センセーショナルな彼女に紹介された相手の顔に浮かぶ感嘆の表情に、自分の株まであがったように思って気をよくしたものだった。だがエレインは期待どおり楽しめないと、あからさまに不機嫌な顔をした。

それにメイベル伯母さんのお客になるのは、天気のよい、暖かい季節にかぎる。雨模様の、うすら寒いキントン城は、温室育ちの絢爛《けんらん》たる花のようなロンドンっ子のエレインにはどう考えても似合わない。おそらく不平たらたら、まるですべてが彼の責任であるかのように当たりちらすだろう。

トムとエレインは、エレインのキングズ・ロードのフラットから角を一つ、曲がったところにある、行きつけのしゃれたレストランで食事をしながら週末の計画について話しあっていたのだったが、コーヒーが運ばれてきたとき、トムは手を伸ばしてエレインの手の上にそっと重ねた。

「いいよ、無理して一緒にくることはない。戻ったら電話するよ。ステインフォース夫妻には、よく謝っておいてくれたまえ――次の機会にかならず埋め合わせをするからと言って」

翌日は金曜日だった。トムは上司の了解を得て昼食時に退社し、モーターウェイを北に向かった。四月らしい、降ったりやんだりの天気だったが渋滞はほとんどなく、運転しながらトムは次から次へといろいろなことを――当然ながらもっぱらエレインについて――考えた。

エレインとつきあうようになって三カ月になる。身勝手なので腹が立つこともあるが、エレインがこれまで彼がつきあった女性のうちでも、とびきり魅力的だということは否めなかった。気まぐれで思いがけない行動に出るのも、彼の心をくすぐっていた。話していておもしろく、つい笑ってしまうことがしばしばだった。

一、二度、故郷の母親の家につれて行き、かなり長い休暇を一緒に過ごしたことがある——母親はおそらく、彼ほどエレインの魅力に屈しないだろうと思いはしたが。

「とてもすてきな人ねえ」と母親は何度も言った。模範的な母親として、言いたいことを口にしないように気をつけているのは容易に見て取れた。だが彼には、母親が考えていることが手に取るようによくわかっていた。彼もおっつけ三十歳。よき伴侶を得て落ちつき、孫をほしがっている母親を満足させてもいいころだった。だが、ぼくは本当にエレインと結婚したいんだろうか？

しばらく前から、彼は胸のうちのジレンマを意識していた。いっそ、この問題から——そしてエレイン自身から——いっとき遠ざかってみるのも悪くないかも。ちょっと見ただけではいい絵なのかどうか、わからない絵画でも眺めるように距離を置けば、エレインと自分の関係をそれなりのつりあいを保って眺めることができるかもしれない。

そのためにはさしあたって、エレインのことばかり考えるのをやめよう。そう思って、トムはハンドルを握りながら彼女の面影をきっぱり振りきって、この週末のことに思いを集中した。

ノーサンバーランド州。キントン城。メイベル伯母のハウス・パーティー。いったい、誰がくるんだろう？　ぼくの一家からはぼくだけだが、ほかの連中は？　彼を例外として、ほとんどがネッド伯父の方の甥やら姪やらの子どもたちの一団が、かつては休暇ごとにわがもの顔に城の中を走りまわったものだったが。彼は心の中で指を折ってみた。ロジャーは——軍人になった。アンは結婚して子育ての真っ最中だ。ネッドはオーストラリア。キティーは……

騒々しい轟音を立てている大型トラックをかわそうと追い越し車線に入ったトムは、知らず知らず口もとに微笑を浮かべていた。キティー……

キティーはネッド伯父の姪の娘だったが、何といったらいいか、そう、生まれながらの反逆児だった。いつも先頭に立っていたずらをやった。木の上の家から落っこちて、目をまわしたこともある。湖が凍った晩、みんなをスケートに誘ったのもキティーだった。胸壁の上で眠ることはできないだろうと言われて癪《しゃく》にさわったのと、幽霊に会えるかもしれないという期待もあって、毛布を持って行って夜明かしをしたこともあった。ほかの連中はやがて多少とも大人と——世の中と——妥協した。神妙にタイプの講習を受けて秘書になったり、会計士や弁護士の資格を取ったり。軍隊に入った者もいた。だがキティーはいつまでも、どこまでも、反逆児だった。両親は娘に手を焼いて彼女をパリに送りだした。フランス語をマスターするために向こうの家庭に住みこんで、食事、ベッドつきの、いわゆるオペア・ガールとして働かせようと考えたのだった。ところがムッシューが彼女を情熱的に抱きしめているところをマダムに見つかったから一大事、キティーはたちまちクビになってしまった。わるいのはムッシューなのだから不当だと、イギリスの親類たちは憤慨した。

「スグ　カエレ」と母親は半狂乱になって電報を打ったが、キティーはヒッチハイクで南フランスに行き、そこでおよそ彼女にふさわしくない――とまたしても親類たちは言った――男とつきあいだした。

男の名はテレンスといい、アイルランドのコーク州の出で、サン・トロペを本拠にして貸しヨット業をやっていた。キティーはひとしきり彼を手伝ったあげく、両親に彼をひきあわせようとイギリスに帰った。けれども両親が猛反対して、絶対に結婚を許さないといきまいたとたん、キティーは案の定、つむじを曲げてテレンスと結婚してしまった。

「しかしまた、どうして?」とても信じられないといった顔で、トムは母親に言った。「どうしようもない男じゃないか。夫としても最低だよ。何だって結婚なんか?」

「さあ、わたしにもさっぱり」と母親は言った。「キティーのことは、あなたのほうがよく知っているんじゃないかしら」

「キティーって子はね、ニンジンでなら誘うことができるかもしれないが、鞭はきかないんだよ」

「残念なことよね。キティーの両親がそれに一度も気づかなかったのは」

あるとき、週末をサセックスで過ごしてロンドンに帰る途中で、トムはふと思いついて、ハンブル河畔につないだ船の中で暮らしているというキティーに会おうと寄り道をした。船も、キティー夫婦も、ひどくみすぼらしく、トムはいたたまれない気持になって、とっさに二人を夕食に誘った。キティーはみごもっていた。

それはひどい会食であった。テレンスは酔っぱらい、キティーはゼンマイでも巻いたようにしゃべりずめだった。トムはというと、ほとんど一言も口をきかず、ただキティーの話をじっと聞き、レストランの勘定を払い、キティーに手を貸して正体のないテレンスを船に連れ戻り、ベッドに寝かせ、それから車でロンドンに帰った。その後彼は、キティーが男の子を出産したことを聞いた。以来彼はキティーにも、テレンスにも、会っていなかった。関わりあいたくないというのが本音だった。

ずっと前のこと、メイベル叔母が彼に、キティーと結婚したらいいのにと言ったことがあった。キティーは彼にとって妹のような存在だったし、やっと十九歳だった彼には永遠に変わらぬ愛とか、結婚とかは、まだテレくさくて話題にする気もしなかった。

「なぜ、そんなことを言うんです?」と彼は訊きかえした。メイベル伯母ともあろう人がそうした具合のわるいことを言い出して、こっちがのっぴきならず答えるようにしむけるとはと、ひどくびっくりしたからだった。

「キティーがちょっとでも気にかけた人といったら、あなた以外にいないからよ。何についてでもあなたが勧めれば、それともやめたほうがいいと言えば、あの子も言うことを聞くんじゃないかと思って。あの子の両親には、あの子をどう扱ったらいいか、まるでわかっていないようでねえ。キティーはすばらしい可能性をもっているわ。あの子が本当にやりたいと思っていることをやらせさえすればね」

「キティーは元気がよすぎて、ぼくなんかにはどうも」とトムは言った。ケンブリッジに行くことが決まっていたし、活きがよすぎる十六歳の少女は、さしあたっての計画のうちには含まれていなかった。

「いつまでもああじゃないわ。あの子、いつか、すばらしい美人になるでしょうよ」

「だったら待ってますよ、それまで」と彼はさりげなくかわしたのであった。

振り返ると道路は彼の車のあとに、幅のひろい灰色のリボンがするするとほどけて行くよう

に、えんえんと続いていた。ニューカッスルを過ぎ、ノーサンバーランド州をしばらく走ってモーターウェイから出ると田園地帯だった。起伏する丘の連なりをはるかに望む荒野《ムア》、石造りの家々が並ぶ小さな村、傾斜の急なブナの並木道と、景色はめまぐるしく変わった。

すでに夕方近くで炎のような夕日が、水気をふくんでいるような、ぼってりした雲の下側にバラ色の影をぼかし出しつつ、西の空にかたむきかけていた。そうした雲の合間に見える空は、透きとおるような水色だった。

そうこうするうちにキントンの村に入った。四角い塔がそびえている教会堂の角を回ると、村のメインストリートだった。小さな家々、店舗、パブが一軒といった平凡な通りだが、その果てに、両側に草が生い茂る石の坂道が続いていた。アーチ型の堂々たる門をくぐって坂道をなお走ると、高い壁の囲む庭園の脇に出る。ラグビーのグラウンドくらいもある、その庭園の向こうにキントン城が立っている。三階建ての四角い城の四隅には胡椒壺のような形の尖塔がそびえ、何の変哲もないあたりの景色にそぐわぬ、思いがけずロマンティックな伽藍《がらん》であった。

このキントン城こそ、トムの父方の伯母、知る人ぞ知る、メイベル・キナートンの住まいだったのである。メイベル伯母はトムの父親の姉で、乗馬が好き、馬が好きで、革のような色に日焼けした顔の、率直な、気持のいい人柄だった。メイベルが結婚することはまずあるまいと誰もが何となく考えていたらしいが、三十歳近くなってから恋——というか、恋にきわめてよく似たものが彼女を捉えた。ベージングストークの近くのホースショーで、彼女はネッド・キナートンと知り合って半パイントのビールをおごってもらい、その月のうちに彼と結婚してしまったのであった。

ほとんどがハンプシャー州に住む彼女の親類たちは、喜びと驚愕をこもごもに示して電話をかけあった。

「メイベルがねえ。何にせよ、おめでたいわ」

「でもメイベルの二倍の年ですってよ、お婿さんは」

「だだっぴろいばかりの、暖房もろくにないノーサンバーランド州のお城で暮らすんだとか」

「何代も昔からの、キナートン家の居城ですって」

「冬はさぞかし寒いでしょうねえ。真冬に招待されたりしたら、ことよねえ」

けれどもメイベルはネッド同様、キントンを心から愛した。子どもが生まれたら理想的な親に

なったろうに、あいにく二人は子宝に恵まれなかった。けれどもその埋め合わせのように、休暇というと甥や姪たちがあちこちからやってきて、城を占領した。メイベルは子どもたちが動物をいじめないかぎり、何をしても叱らなかったから、彼らはきそって胸壁によじのぼったり、庭園の大きな杉の木の下に間に合わせのテントを張って野宿の真似ごとをしたりした。戦争ごっこをやって、正面玄関のどっしりしたドアの上の細い窓から敵の軍勢に煮え立った油を浴びせるという思い入れで勝利を博したり、岸辺に葦の生い茂る、城の裏手の湖で泳いだり、木の枝で弓矢をつくったり、木のぼり競争をして落っこちたり。

ネッドが亡くなったとき、まわりの者は一様に、メイベルが当然城を引き払うと思ったのだが、本来ならネッドのあとを継いで城とそれに伴う厄介な責任を引き受けるはずの相続人はオーストラリアに移住していた。この男は向こうで成功して快適な生活を楽しんでおり、イギリスに帰る気がまったくなかった。このことが明らかになったとき、メイベルはそのまま、キントン城で暮らしつづけた。

「家中、暖房で暖めるにも当たらないわね」と彼女は割り切って、螺旋《らせん》階段の上に古毛布を張って屋根裏部屋を閉めきりにした。「泊まり客があるときは、広々としているほうがいいけれど」

その一方、土牢めいた地下の台所が二階に移され、荷物の運搬その他の用向きのためにエレベーターが据えつけられた（もっとも、故障つづきで実用的とはいえなかった）。しかしそれ以外は改造らしい改造もされず、キントン城の生活は以前とあまり変わりなく続いて行った。それぞれにティーンエージャーとなった子どもたちは、その後も休暇ごとにやってきた。食堂のマホガニー材の長いテーブルの上には食事のつど、所せましとご馳走が並び、あいかわらず、どの部屋にも犬がいる感じで、暖炉には薪がくすぶり、鏡の枠の隅に押しこまれたスナップ写真が埃っぽくすけて、端のほうがめくれたまま、それなりになっていた……

キントン城。やっと着いたのだ。トムは坂道にゆっくり車を進めて、濃い影を落としている門の下をくぐった。門に貼ってある、大きな貼り紙が目についた。

この家は個人の所有で、現在も居住者がおります。ごらんになるのはご自由ですが、車を乗り入れて、犬を威《おどか》さないようにお願いしたいと思います。

門を入ると手入れのあまりよくない、広い芝生で、道はここで二手に分かれて、正面玄関の前でふたたび合流していた。芝生を囲んでいる壁はこの城の最も古い、由緒ある遺跡の一部で、石の割れ目の間からカノコソウやニオイアラセイトウが生え出て、毎年花を咲かせていた。

人けがまるでないが、どうしたのだろうと思いながら、トムは車を玄関の石段の下に止めてエンジンを切ると外に出た。さわやかな香りのする夕方の空気は、ロンドンよりかなり冷たく感じられた。石段を上がり、玄関の練鉄の掛け金をガチャガチャやるうちにギーッと低い音を立てて、ドアは恐怖映画の一こまのように内側にゆっくり開いた。天井の高い、がらんとしたホールは石畳でうすら寒く、湿っぽかった。大きな暖炉の上の壁には幾ふりかの古い剣が小さな円をつくって飾られ、炉の片側に埃をかぶった甲冑《かっちゅう》が据えられていた。

ホールを横切り、ドアを一つ、また一つと開け閉めして進むうちに、中世をあとにして映画の撮影所に設けられたイタリアのルネッサンス様式の建築物のセットのうちに迷いこんだような感じがつよくなった。

少年の日にはじめてキントン城をおとずれたとき、トムは螺旋《らせん》階段、秘密の通路、鏡板を張った暗い部屋部屋を見出すことを予想していたので、凝った調度に拍子抜けした。中世の城で暮らせると期待していただけに、だまされたような気がしたのだった。しかしネッド伯父が問わずがたりに聞かせてくれたところによると、前世紀にこの城を所有していた先祖が、ある富裕な女性を恋し、その女性が結婚の条件として、金に糸目をつけずに自分の思うようにキントン城の一部をルネッサンス風に飾ることを許してほしいと言ったのだった。当主はこの女性を熱愛していたので、その条件を呑んだ。その結果、この奥方は五年の歳月と多額の出費をかけてキントン城をルネッサンス期まがいの豪華なしつらえに変えたのであった。

屋内の壁はできるかぎり取り払われ、設計家はゆるやかにカーブした巨大な階段、大きな鏡板を張った廊下などをしつらえ、繊細な曲線をもち、細い柱で支えられている窓を設けた。鋳鉄や大理石を細工するためにあちこちから職人が集められ、マントルピースには彫刻がほどこされ、主だった部屋部屋には大きな美しい二重ドアが取りつけられた。

フィレンツェからイタリア人の職人が招かれて奥方の部屋のために天井のデザインを考案し、漆喰を塗り、だまし絵の手法で部屋全体を一変させて地中海沿岸の屋敷のテラスの感じに変え、赤いゼラニウムを植えた漆喰の壺を配置した。

こうした構造上の改造が一段落したのちにも、壁紙を選んだり、カーテンを新調したり、敷物を敷きつめたりで、六カ月がたった。家具も新旧取りまぜて入念に配置され、食堂の壁には先祖代々の肖像画が並び、一家に伝えられてきた宝物類はガラスのキャビネットに収められた。ソファーや椅子類はすっかり張りかえられ、刺繍のある中国産の絹のクッションが置かれた。

しかしそうした呆れるほどの浪費の一時期が過ぎ去ると、大規模の改築や模様替えがなされたためしはなく、調度や家具がこわれたり傷んだりすると、接着剤で適当にくっつけたり、釘を打ちつけたり、つくろったり、つぎを当てたり、ペンキを一刷毛《ひとはけ》塗ったりというくらいがせいぜいとなった。かつては華やかだったであろう、赤いブロケードのカーテンは破れたり、薄くなったり、長い廊下の敷物はすりきれて見る影もなく、模様の判然としないカバーにすっぽり覆われたソファーはへこみ、おまけにいつも犬の毛だらけだった。居間の炉には火がくすぶっているが、廊下も寝室も薄暗くて日が当たらず、おおかたは肌を刺すほど寒々としていた。

地下室には巨大なボイラーが据えられており、真冬にはメイベル伯母がその気になれば火が入れられて、どっしりしたラジエーターからかすかな温かみが部屋部屋にひろがった。しかしたいていの場合、ラジエーターは寒さに震えている人間を嘲笑するかのように冷えきっていた。

さてトムはかびくさいような、郷愁をかきたてる、なつかしい匂いを吸いこみながら、片手をマホガニー材の手すりの上に置いて、カーブした階段を一段おきに駆け上がった。何世代もの人々がちょうどこんなふうに手をつたわらせて昇り降りしてきたからだろう、手すりは磨きあげたように滑らかだった。

階段のてっぺんに立って耳を澄ますと、とくに物音もしないようなのに、しばらくぶりの彼の訪問を喜んで、まわりの壁がひそひそとささやきあっているような、奇妙な気持におそわれた。メイベル伯母はどこか、ついこの近くにいるに違いない。

「メイベル伯母さん！」

「トムね！　わたしはここよ」

メイベル伯母は書斎にいた。エプロン姿に帽子という、いつもながらのちぐはぐなスタイルで、三、四頭の年老いた、忠実な犬にかこまれているのもあいかわらずだった。枝や茎や新聞紙をまわりに取り散らして、値段もつけられぬくらいの逸品らしい中国陶器の壺に、サクラの枝を中心にレンギョウとラッパスイセンを形よく活けようと骨を折っているところらしかった。

「いらっしゃい、トム！」

メイベル伯母は植木鋏《ばさみ》を下に置いて、甥を抱きしめた。トムと同じくらい背が高く、幅の方は優に二倍はあったから、彼女に抱擁されるのはちょっとした経験だった。ややあってメイベル伯母は少し身を引き離して、つくづくと甥を打ち見た。メイベル伯母の顔の造作は男のそれだった。目鼻立ちがはっきりしていて、ことに鼻が大きく、顎《あご》が角ばり、見てくれに頓着なく、ギュッとひっつめて後ろで小さな髷《まげ》にまとめている白髪まじりの髪にも、女らしさは感じられなかった。しかし胸の堂々たる厚みはさすがであった。

「元気そうじゃないの！　途中は混んでいて？　よくきてくれたわねえ。わたしを見てちょうだい。明日の晩に備えてこの古ぼけた家の体裁を何とかととのえようと、あたふたしているのよ。この二、三日の騒ぎったらなかったわ。ユースタスは——覚えているでしょ？　庭師のユースタスよ——家具をあっちこっちに動かして大汗かいてるわ。おかみさんはおかみさんで、目につくものをかたっぱしから磨きたてて——犬たちの餌入れまでよ。台所には臨時雇いの人たちがきているし、どこもかしこもすっかり様変わりしてしまって、自分の家とも思えないくらいでね。お父さんやお母さんは元気なんでしょうね？」

メイベル伯母はこう問いかけながら、ふたたび植木鋏《ばさみ》を取り上げて壺の中の花を按配《あんばい》しだした。

トムはテーブルに身をもたせかけながらポケットに両手を突っこみ、両親の消息を伝えた。

「まあ、マジョルカですって？　よりによってこんなときに。お父さんたちには、ぜひともきてもらいたかったのにねえ。さあ、終わったわ！」と最後の一本のスイセンを壺に挿すとメイベル伯母は立ち上がって全体の効果を眺めた。

「どこに置くんですか、これは？」

「グランドピアノの上にどうかしらと思って」

「それにしてもパーティーなんて、大仕事じゃないですか」

「大したことはないのよ。この節は何によらず委託代行といった商売があるらしくて。ちゃんとしたオーケストラの伴奏は期待しないでね。もちろん伴奏はあるけれど、わたしが呼びたかった本物とは、ちょっと違うようなの。でも近ごろではワルツの踊り方さえ知らない人が多いしね。オーケストラのかわりにディスコとかいうものを注文したわ。どういうことになるのか、誰にも見当がつかないけれど」

「ロック・ミュージックにストロボのライトつきってところじゃないですか。ディスコはどこで？」

「昔の子ども部屋よ。古いおもちゃとか、人形の家とか、本とかを残らず片づけて、ジャングルに見えるようにキティーが飾りつけてるわ」

ちょっと間を置いてから、トムは問い返した。「キティーですって？」

「ええ、キティーよ、ネッドの姪の娘の、あのキティーよ」

「キティーがこの家にいるんですか？」

「ええ、いますよ。いないのに飾りつけを引き受けるわけもないでしょ」

「しかし――ぼくが最後に聞いたところだと――いや、ぼくが以前に会ったときには――ハンブル河畔に係留した船の中で暮らしてましたがねえ」

「あらあら、それはかなり古い話だわ、トム。あの結婚は結局解消してね。つまり離婚したのよ、キティーは。驚いたわ、それも知らなかったなんて」

「その後は連絡がとだえていたものですから。それで、あのどうしようもないテレンスって男はどうなったんです？」

「南フランスに帰ったんじゃないかしら」

「男の子がいましたよね、たしか？」

「キティーが育てているわ」

「で、彼女、いま、この家で暮らしているんですか？」

「いいえ、カクスフォードよ」カクスフォードはキントン城から数マイルの荒野《ムア》の村だった。

「離婚後、いっとき、ここに泊まっていたんだけれど、半分倒れかけているようなカクスフォードの古家を買ってね、どうやってお金を都合したのか。だってほとんど無一文みたいに見えたんですもの。とにかくその家を買って、自分で手を入れて住むつもりだと言ってね。ところがそうこうするうちに州議会が、あそこは風致地区だから建物保存条例に該当すると言い出して。わたしたちは、キティーもこれであきらめるだろうと思っていたのよ。でもあの子ったら、めげるどころか、根気よく陳情してかなりの助成金を交付してもらうように運んでね。それからってもの、クリスピンともどもトレーラーの中で暮らしながら、職人と一緒に働いているわ」

「クリスピンって誰です？」

「キティーの子どもよ。まだ四つだけど、元気のいい、なかなかいい子よ」

クリスピンなんて変わった名を自分の子どもにつけるとは、いかにもキティーらしい。

「しかし、こののち、どうやって暮らしていくつもりだろう？」

「さあ、それはわからないわ。キティーって、昔からそういうふうだったから。あなたも覚えているでしょ？　いったん、こうと心を決めたら、いくら言って聞かせても受けつけなくて……それはそうと、トム、お茶がほしくないこと？」

「いや、いいですよ」

「だったら、お茶はもう少しあとにしてもらうわね」と言いながら、メイベル伯母は散らかった新聞や、サクラの枝やスイセンの茎などをそそくさと片づけはじめた。しかしそのときノックの音がして、誰かがドアの陰から頭を半分のぞかせた。

「奥さま、タンブラーが届きましたが、どこに運びましょう？」

「用事って、次から次へと出てくるものなのねえ」とメイベル伯母は嘆息した。「トム、わたしの代わりにここを片づけてくれる？　それから炉に丸太を一本、足しておいてちょうだいな」

こう言い残して、当面のタンブラーの問題を解決すべくメイベル伯母は立ち去った。磨いたばかりらしい寄せ木細工の床にゴム底の上履きをキューキュー鳴らし、犬たちをあとに従えていた。

トムは言われたとおり、しおれかけている茎や枝を炉の中にほうりこみ、丸太を数本加えると、キティーを探しに書斎を出た。

キントン城の子ども部屋は主だった部屋部屋からかなり離れた一郭にあって、赤いフェルトを張ったスイング・ドアによって他の部分から隔てられている。低いアーチ型の窓が二つついており、たくさんある塔の一つの中に位置しているので部屋全体が円形をなし、それだけでも子どもの目にはこたえられぬ魅力を備えていたものだった。普段は古い玩具やスプリングの利かなくなった古風な椅子やらがごたごたと押しこまれていたらしいが、トムがドアを開けると、がらくたはさっぱり取りかたづけられ、がらんとした部屋の屋根の中央から庭園用の緑色の金網が吊り下げられて天井と壁にくまなく張られ、この金網にツタや常緑樹の小枝が挿しこまれていた。

部屋の真ん中に高い脚立が据えられており、その上にほっそりとした、背の高い少女がペンチを口にくわえて立って緑色の紐の玉を手に、なかなか言うことを聞かないトウヒの枝を金網にくくりつけようと必死になっていた。ブロンドの髪を後ろでポニーテールに結んでいた。

トムが入って行くと、彼女は口にくわえていたペンチを下に降ろして、彼の方は見ずに「ねえ、このツタが顔にからまってうるさくて。お願いだからこれを……」と言いかけた。

「やあ、キティー！」

キティーは振り返ったはずみにバランスを失いそうになって、あやうく体を立て直して彼を見下ろした。トウヒの枝が下に落ち、ツタが髪にからまって異教の若い女神のように見えた。ちょっと間を置いてから、キティーはようやく言った。「トム！」

「楽しそうだね」

「楽しいどころじゃないわ。何もかも放り出したくなっているのよ。枝もツタも、ほんのちょっとのはずみで落ちてくるんですもの。おまけに紐を固結びにしているうちに指先がつっちゃって」

「なかなかいい出来だと思うがねえ」

キティーは髪の毛にまつわったツタをそっと取り去って金網にまつわらせ、姿勢をゆっくり変えて脚立のてっぺんに腰を下ろすとトムと顔を合わせた。

「あなたがくるってことは、メイベルから聞いてたわ」

「ぼくの方はまるっきり知らなかったんだ、きみがきてるってこと」

「びっくりしたり、呆れたりでしょ？」

「きみ、痩せたね」

「この前、あなたに会ったときにはクリスピンがおなかにいたから」

「いや、そういうことじゃなく、本当に痩せたよ。きみによく似合ってるけど」

「しこしこ肉体労働をしてるからだと思うわ。あたしがいま、家を建ててるってことも聞いた？」

「メイベル伯母さんからね。離婚のことも。残念だったね」

「残念だなんて、あたしは思ってないわ、ぜんぜん。初めから間違いだったのよ、とんでもない間違いだったの。あんな結婚、するべきじゃなかったんだわ」と言って肩をすくめた。「でもあたしってあなたも知ってるとおり、馬鹿なことばかり、やってしまうたちだから」

「男の子がいたんだよね。どこにいるの？」

「さあ、台所でサンドイッチの耳でももらって食べてるんじゃないかしら」

キティーは古ぼけた、きたならしいジーンズに青いスニーカーをはいていた。セーターも屑籠《くずかご》行きと言っていいくらいの古ぼけた代物で、片袖の肘のあたりがぬけて、その穴から骨張った肘が突き出ていた。

キティーの顔を見上げてトムは、一別以来、彼女に起こった変化に胸を衝《つ》かれていた。かたくなそうな小さな顎《あご》の上のふくよかだった頬はこけ、顔の骨格がはっきり見て取れるくらいだった。口もとにもあるかなきかながら、皺が刻まれていた。けれども笑いをふくんでいるような口の形は昔ながらで、微笑するとかわいいえくぼが浮かんだ。

いま、彼女は微笑していた。はっとするほど、青い目であった。トムは意識して視線を引き離してまわりを見回し、話題を探した。緑色の金網とツタ。小枝。「ジャングル」とメイベル伯母は言ってたっけ。

「きみ、たったひとりで仕上げたの、これをみんな？」

「おおかたはね。金網を取りつけるときは、ユースタスの手を借りなければならなかったけど。ここをディスコにするんだそうよ。メイベルって、まったくすごいと思うわ、七十五歳の誕生生パーティーにディスコだなんて」

「きみだってすごいよ。まるでちょっとしたナイトクラブみたいじゃないか」

「ロンドンは近ごろ、どんな？」とキティーはちょっと憧れをこめた口調できいた。

「あいかわらずだよ」

「あなたは、いまでも同じ仕事？　保険関係の会社だったわね、たしか？」

「いまのところはね」

「立派なものじゃないの。それでどうなの、恋愛面でもご発展？　あなただって、結婚してもいいころあいじゃなくて？　何も、あたしなんかの真似をすることはないけど」

「恋愛面か。そっちもまあまあ、うまくいってるよ、おかげさんで」

「安心したわ、それを聞いて。いい？　ほうるわよ！」とキティーが投げたペンチを、ついで紐の玉を、トムはうまく受けとめて、キティーが降りる間、脚立をしっかり押えていた。

「ここは、もう終わったのかな？」

「ええ、これ以上、あたしにできることはないんじゃないかしら……電燈を消せば、紐の結び目が見えなくなるし、見ばも、ずっとよくなると思うの」

「きみがいま建てているって家のことを、聞かせてもらいたいな」

「どうってことないわ。あたしたち、目下、トレーラーの中で生活しているの」

「見せてほしいな、その家を」

「もちろんよ。明日はどう？　くる気があるなら手を貸してもらいたいこともあるし」と言って、ふと小さくあくびをした。「ねえ、喉が渇かない？　うまく頼んだら、お茶を入れてもらえるかもよ」

二人は子ども部屋の電燈を消して踊り場から階段を降り、台所への大きなドアを押した。がっしりした体格の中年の女の人が二人、明日のパーティーの準備だろう、忙しそうに立ち働いていた。焼き上がったターキーがオーブンから取り出されたところで、卵の白みが電気ミキサーで泡立てられ、大鍋の中でスープが湯気を上げていた。

そうした光景の真っただなかのテーブルの上にちょこんとすわって、ケーキの切り屑をむしゃむしゃ食べているのは、四、五歳の男の子だった。キティーの息子のクリスピンだろう、びっくりするほど、母親そっくりで、薄汚れたジーンズ・スタイルも母親と同じだった。口のまわりをチョコレートで汚し、手はどうやらべたべたらしかった。

キティーは息子をテーブルから抱き上げると、嫌がってもがくのをかまわずにキスをして口のまわりのチョコレートをなめ取り、流しの前に連れて行って手を洗ってやり、セーターの前の部分の汚れをぬれた布で拭き、手と顔を手近の布巾でこすった。

「クリスピン、トムよ。母さんの従兄みたいな人。トムって呼ぶ？　それともトムおじさんにする？」

「ただトムでいいよ」とトムが引き取って答えた。

「あのねえ、母さんとぼく、トレーラーに住んでるんだよ」とクリスピンは誇らしげに言った。

「そうだってね。母さんから聞いたよ」

「でも、もうじき、引っ越すんだって、あたらしい家に」

「それも聞いた。そのうち、見に行こうと思ってるんだ」

「床の上はまだ歩いちゃいけないんだってさ。母さん、ニスを塗ったところなんだ」

「たぶん、もう乾いていると思うわ」と息子に言って、キティーは「お茶をいただけるかしら」と女の人の一人に声をかけた。

お茶はすでに奥さまの所にお持ちしたということで、トムとキティーはクリスピンを連れて書斎に行った。メイベル伯母は炉の前にすわって、「スヌーピーはきみが大好き」と書いた厚手のカップに注いだお茶を飲みながら、まわりで押しあいへしあいしている四頭の犬に、大切れのジンジャーブレッドを分けてやっていた。

その夜、トムは真鍮製の大きなベッドをあてがわれた。その部屋の明かりは天井のまんなかからぶらさがっている薄暗い電燈だけで、どこからともなくヒューヒュー音を立てて隙間風が入ってきた。調べてみると、隣りのタワールームの屋根にあいた穴から風が吹きこんでいるのであった。このタワールームはどうやらクロゼット代わりの小部屋のようで、壁に一列に掛け釘が取りつけられ、針金製のハンガーが掛かっていた。トムは荷ほどきをすると服をハンガーに吊るし、パジャマに着替えて廊下づたいにいちばん手近の浴室（それでも、かなり遠かった）に行って歯を磨き、そのうえでようやくベッドに入った。あちこちつぎが当たったり、かがってあったりのリネンのシーツは、足先にひんやりと冷たかった。枕カバーには一面に刺繍があって、朝起きて

みたら、頬に花模様の痕がそっくりついているということになりそうだった。

夜中に雨が降りだした。トムは雨音に目を覚まして、横になったまま、じっと聞き耳を立てた。はじめはかすかな音だったのが、しだいに小止みもなく屋根をたたくようになったあげく、案の定、ポッタン、ポッタンとタワールームに雨洩りの音がしだした。ディナー・ジャケットをハンガーに吊るしたのを思い出して、びしょぬれにならないうちにこっちの部屋に移したほうがいいだろうかと、トムは思案したが、ベッドがほどよく暖かく、まあ、やめておこうと考えた。

彼はふとメイベル伯母を思った。このだだっぴろい、原始的ともいえるほど不便な城で、この先まだどのくらい暮らしていけるだろうか？

彼はまたキティーとクリスピンのことを考えた。この同じ雨がたぶん今の今、二人が眠っているトレーラーの屋根をたたいていることだろう。

彼はさらにエレインに思いを馳せた。こんな状況では、エレインが一緒にくる気を起こさなくてつくづくよかった。

それからふたたびキティーのことを思い浮かべた。キティーの痩せた顔――そして、えくぼの浮かぶ口もと。

トムは寝返りを打って横向きになり、なおキティーのことを考えつづけているうちに、のどかな雨音を子守歌にいつしかまた寝入ってしまった。

雨は朝にはあがっていた。寝すごしたトムが階下に降りて行くとベーコンエッグがオーブンの中で温まっていたが、家の中にはすでに活気がみなぎり、椅子が順送りに運ばれてはまた戻ってきたり、グラスが並んでいる木箱をかついで階段を上がって行く者があったり、何年も使われなかった、大きなダマスク織りのクロスを掛けたテーブルがいくつか据えられたりしていた。
そのうちに小型トラックが数台、アーチ形の門から騒々しい音を立てて前庭に入ってきて玄関の前にとまり、植木鉢やら、ワインの木箱やら、焼きたてのロール・パンを山と積んだ大きな盆やらを次々に降ろした。
そこへおそろしく傷だらけのライトバンが到着し、二人の長髪の青年が降りてディスコの七つ道具を屋内に運びこみはじめた。トムが例の子ども部屋に案内すると、二人は隅々に電線を張りめぐらし、トゥイーターやら、ウーファーやらのスピーカーを据えつけにかかった。
自分にも何か手伝わせてくれと申し出たトムは、丸太を幾袋も裏階段から運び上げる仕事を仰せつかった。今夜ばかりはあちこちの炉に、夜っぴて惜しげもなく火が焚かれるらしかった。

メイベル伯母は庭仕事用の大エプロンをかけて、疲れた様子も見せずに、ゆったりした足取りであちこちしていたが、トムが袋をかついで四度目に階段を昇って行ったときには、台所に通ずる階段の踊り場にすわりこんで、さまざまな形の餌入れに犬たちの餌を取り分けていた。まるでその日の最も重大な仕事(彼女にとっては、その通りだったのだろう)に従事しているかのように悠揚《ゆうよう》せまらぬ物腰だった。

トムは袋を下に下ろして、痛む肩を伸ばしながらきいた。

「岩塩坑でしこしこ働くよりたいへんですね、この薪運びってやつは。まだあと、どのくらい運んだらいいんですか?」

「まあ、トム、もちろん、もう十分でしょうとも。まだ働いてくれていたなんて知らなかったわ。とうの昔にやめたと思っていたのに」

トムは笑って答えた。「やめていいとは、誰も言ってくれませんでしたからね」

「だったらお願いよ、もうやめてちょうだい。これ以上、何をする必要もないわ。よしんばあったとしても、ほかの人がすればいいんですもの」こう言って手首にはめた、がっちりした腕時計を見やった。「パブにでも行って、何か飲んでいらっしゃいな。おなかの足しになるようなものも食べてくるといいわ。あのパーティー屋さんたちは昼食のサービスはしてくれないでしょうし、わたしが台所に入りこんであなたに何かこしらえてあげようと思っても、その勇気がないわ。この様子じゃ、たちまち追い出されてしまうでしょうからね」

「キティーのところに行って、家を見学させてもらおうかと思ったんですが」

「それはいい思いつきだわ。ついでにキティーをランチに連れだしてちょうだい。あの子、ろくに食べていないようでね。おなかの足しになるようなものを食べることがあるのかどうか。だからあんなに痩せているんじゃないかと思うのよ。クリスピンにしても、この家にくるとビスケットの缶に手を突っこみっぱなしでね。普段、ろくすっぽ食べていないんでしょうよ」いとも穏やかな口調でこう付け加えると、メイベル伯母は涎を垂らしている犬たちににっこり笑いかけた。

「さあ、どの坊やがいっとうおなかをすかせているかしら。母さんのいい子ちゃんはどの子でしょうかねえ」

というわけで、トムは最後の一袋の丸太をすでに薪がいっぱい積まれている籠《かご》に移しかえると、もう一度地下室に降りて行く気がしなかったので、からになった袋をソファーの後ろに突っこみ、手と顔を洗ったうえで、キティーを訪問しようと出発した。

　カクスフォードの村は荒野《ムア》のはずれにあり、北海を遠く望んでいた。風当たりがよほど強いのだろう、絵のように美しい教会堂をかこむ木立をはじめ、木という木は思い合わせたように内陸の方に身をかたむけていた。キティーの家はメイン・ストリートの最後の家並みから、一軒だけ少し離れて立っていた。

　トムは道ばたに車を止めて降りると、かすかに泥炭の匂いのまつわっている荒野《ムア》の空気を吸いこんだ。遠くから風に乗って、羊の鳴く声が聞こえてきた。これがキティーが買ったという家か。古い壁、あたらしく葺《ふ》きかえられた屋根、前庭だったところが掘り返されて足の踏み場もなかった。

　蝶番がはずれているのか、ガタついている門の扉を開けて、トムは家の裏手へと回っている小径を上がった。裏手にはかなり広々とした空間があった。トムは興味ありげにまわりを見回した。サンザシの生け垣、かつては豚小屋だったのではないかと思われる、倒壊寸前のような、一続きの小屋。その前にキティーのトレーラーとポンコツ車が一台、それにセメント・ミキサー車が並び、数本のシャベルと手押し車が置かれていた。

くちゃくちゃに掘り返された泥の中に道をひろって歩きながら、トムは家の全景を目のうちに収めた。増築、改築は、景観をそこなわないように、もっぱらこっちで進められているらしかった。あたらしい屋根のタイルは旧来からの部分の傾斜にうまく溶けこむように工夫されていた。

板が数枚、泥の溜りの上を家の脇から玄関の戸口の前へと渡され、玄関のドアは大きく開けひろげられていた。樹皮をはがした松材の美しいパネル・ドアで、その後ろの奥のほうから、陽気なポップ・ミュージックの調べが流れてきた。トムは板の上を渡ってドアをたたいた。

「キティー！」

トランジスター・ラジオを消したのだろう、音楽が唐突にやんだ。ややあって、キティーが戸口に立った。昨日とほとんど変わらぬ服装だったが、片方の頰にニスか何かの茶色いしみをくっつけていた。

「まあ、トム！　くるとは思わなかったわ」

「きっと行くって、言ったはずだよ」

「メイベルの手伝いで忙しくて、とてもこられるわけがないと思っていたのよ」

「ああ、まったく奴隷みたいに働かされたよ。だがありがたいことにメイベルが解放してくれてね。きみをランチに連れ出してほしいって言われたんだ」こう言いながら戸口から入って、物珍しげにまわりを見回した。「何をしていたの？」

「クリスピンの寝室の床の仕上げをしていたの」

「で、クリスピンは？」

「村の小学校の校長先生の所であずかってくださっているわ。親切なご夫婦でね、ここではいちばん親しくしてるのよ。奥さん、今夜もあずかってあげようって言ってくださって。メイベルのパーティーのための着替えもしたらいいし、よかったら入浴もって。トレーラーの中じゃ、着替えはちょっとね」

「だろうね。で、引っ越しはいつ？」

「二週間もすれば、職人さんの手を離れると思うわ」

「家具はあるの？」

「さしあたって暮らすのに必要なくらいはね。たった二人だけなんですもの。大きなお屋敷ってわけじゃないし、このとおり、ごく小さな家なのよ」

「しかし、この玄関のドアはすごいじゃないか」

キティーはひどくうれしそうな顔をした。「ええ、すばらしいでしょ、これ。解体業者から買ったの。ドアは残らず、解体業者から手に入れるか、廃品の山の中から見つけるかしたのよ。近ごろじゃ、古い美しい家がガタガタになったからって引き倒されたり、庭に工場が建ったりってことがよくあるらしいのね。ドアとか、窓枠とか、シャッターとかをごっそり取りこんで買い手を見つける、頭のいい業者がいてね。それにしても、このドアはとびきりでしょ。だからあたし、玄関のドアとして使うことにしたの。堂々たるものじゃない？」

「ペンキは誰がはがしたの？」

「あたしよ。たいていのことは自分でやったわ。つまりね、主だったことはもちろん、大工さんがやったわけだけれど、あの人たち、あたしがしょっちゅううろちょろしても文句を言わずに我慢してくれてね。ペンキをはがすだけだって、人を頼めば馬鹿にならない物いりだし、こっちはお金なんて、ほとんど一文ももっていないんですもの。まあ、見てちょうだい。ここが台所よ――食事もここでするつもりだから、ダイニング・キッチンって言ったほうがいいかしら……」

キティーの案内で、トムは部屋から部屋へと家中をゆっくり見て回った。最初のごく自然な好奇心がしだいに驚きと感嘆の思いに変わるのを、トムは意識していた。キティーはほとんど廃屋にひとしかった、その家のうちに、まったくユニークな魅力をもつ住まいの可能性を見て取っていた。どの部屋にも独特の風情があり、思いがけない工夫が見出された。風変わりな形の小窓。数冊の本がぴったり収まる一隅。一枚の天井板の突起が隣りのそれのへこんだ部分にぴったりはまっている高いさねはぎ天井。そして天窓。

台所の床には、キティーがゴミの堆積の中から発掘して一枚、一枚、ていねいに洗ったという、赤い素焼きのタイルが敷きつめられていた。

屋根裏を利用したクリスピンの寝室には、台所から梯子用の簡易階段で上がるようになっており、ベッドが置かれる予定の一隅には細長い窓が低く取ってあって、寝ながら日の出が眺められるはずだった。

居間にはヴィクトリア朝風の小ぶりの炉があるばかりでなく、上方はギャラリーになっていて、壁に取りつけられている梯子で昇り降りする。「クリスピンがここでテレビを見るといいんじゃないかと思って。お客と話したくないときは一人になれるしね」炉には薪が勢いよく燃えていた。

「うまく煙を吸いこむかどうか、心配だったから試しに焚いてみたの。塗りたての漆喰も乾かしたかったし」

「炉はもともとここに？」

「いいえ、これもゴミの山の中から発掘したのよ。まわりに青と白のタイルを貼ってみたんだけど、どう、ぴったりじゃない？」

松材のドレッサーには自分でタイルを貼るつもりでいる——とキティーは言った。樽を鋸《のこぎり》で二つに割ってつくった椅子も見せてくれた。階下の彼女の寝室にはフランス窓があって、いずれつくるつもりのテラスに降り立てるように考えられていた。

トムは窓辺に立って、収拾がつかないくらい掘り返されている庭と、所せましと積み上げられている煉瓦の山を眺めやった。「庭つくりは誰かに頼むんだろうね？」

「自分でやるつもりよ。でも手始めにかなり掘り返さないと。変てこな宝物がわんさと埋まってるんですもの。古いベッドの木枠だの、そのほか、ずいぶんいろいろなものが。耕耘機《こううんき》を入れようかと思ったんだけど、たぶん、二、三分でこわれて動かなくなるんじゃないかしら」

「本当にクリスピンと二人だけで、ここで暮らすつもりなんだね？」

「もちろんよ。ほかにどうしようがあって？」

「いっそ、売ったらいいと思ってさ。たいへんな値で売れると思うよ。それを元手に引っ越したらいい」

「そんなこと、できっこないわ。自分のありったけを注ぎこんだんですもの」

「しかしまわりから孤立しているし」

「それがうれしいのよ、あたしには」

「しかしクリスピンはどうなる？　学校のこともあるし」

「村の学校に行かせるわ」

トムは窓辺から向き直って、キティーの顔をじっと見た。「キティー、ぼくはね、きみが一人には重すぎる荷を抱えこんじまったんじゃないかと心配なんだよ」

キティーは一瞬、彼の顔を見返した。痩せた顔に大きすぎる目の青さに、彼は思わず息を呑んだ。次の瞬間、キティーは彼に背を向けると早口に言った。

「ねえ、見て、トム、この造りつけの衣装戸棚、どう思う？　やたら大きいでしょ？　あたしの手持ちの衣装といえば、ジーンズが一本とドレスがせいぜい一着くらいなのにねえ。扉には古いシャッターを使ったの。美しいと思わない？」と手を伸ばしてサテンのような色つやの、蜂蜜色の木の扉に触った——何かの生き物を愛撫しているように、そっと、やさしく。「ほら、かわいらしい彫刻があるのよ、漆喰の。なのにあたし、これも木だと思ってごしごしこすって、あぶなく彫刻をはがしてしまうところだったんだから呆れるでしょ……」

トムはキティーの手に目をやった。爪が割れ、かさかさの皮膚のきめに汚れがしみこんでいた。

「キティー、きみがやりたいことって、本当にこういうことなのかなあ」

しばらく間を置いてからキティーは、あいかわらず木の扉をさすりながら低い声で言った。

「トム、あなたもじきに言いだすんでしょうね——『きみ、まさか、本気でここで暮らす気じゃないだろうね？』って。誰もが年がら年中、あたしに言ったものよ。『キティー、あんな荒馬に本気で乗る気じゃないだろうね？』『そんなひどい服、まさか着る気じゃないでしょうね？』あたしが心からしたいと思っていることについて、両親は言いどおしだったわ——『まさか、本気じゃあるまい？』って。あたしが何をしたいと思っているか、両親にどうしてわかるわけがあって？　あたし、パリになんか行きたくなかったし、オペア・ガールにもなりたくなかった。でもいくらそう言ってもだめだったわ。行かなかったら、しけた花嫁学校に入って、料理とか、タイプとか、花の活け方とか、そんなことを習うほか、なかったんですもの。あたしって、そういうたちじゃないし、それでパリに行ったのよ。だから、あの家をクビになったとき——それだって、あたしがわるいわけじゃなかったんだわ。ムッシューが女好きの、ぞっとするほど、いやなやつで——とにかくそのとき、あたし、もう家には帰らないって決心したの。いま、逃げ出さなければ、一生、親のいうなりになるほかないって思ったからよ。テレンスのことだって、そうよ……みんながあたしをほうっておいてくれたら、結婚なんか、けっしてしなかったわ。でも親たちがテレンスを見たとたんに、また始まったのよ。『まさか、キティー、あんな男と……』、『まさか、一生、船の上で流れ者みたいな生活を送る気じゃあ……』って。『結婚なんて、とんでもない！　まさか、本気じゃあるまい？』って。それであたし、結婚してしまったのよ、テレンスと。それだけの話、馬鹿よね、大馬鹿だわ……」

トムは両肩をフランス窓のひんやりと冷たいガラスにもたせかけて、ポケットに両手を突っこんで、考え考え言った。「きみが何をしたいと思っているか、知ってるふりをするつもりは、ぼくにはないよ。知らないいんだからね。きみが何をやりたいと思っているのか、さっぱりわからないんだから。ただ嫌なんだよ——きみがもう一度、間違った選択をするのを見たくないんだ。ぼくの知ってるキティーが、力にあまる状況に身を置くのを傍観していたくないんだよ」

「確かにあたしはこれまで、間違った選択ばかりしてきたわ。というか、あたしの星占い図が狂ってて、あたしの星の運行がそろいもそろっておかしくなっているのか、それでもあたし、自分のことは自分で決めさせてもらいたいと思うの。自分の人生は自分で取りしきりたいのよ。あたしにはクリスピンがいるし、お金なら、ほんの少しでやっていけるわ。あたし、このカクスフォードが好き。メイベルの近くだし、子どものころの、キントンでの楽しい毎日を思い出せるし。だからノーサンバーランドに帰ってきたのよ。だからここで暮らしたいのよ」

「ぼくはきみに感心しきっているんだよ。きみがこの家のためにしたことは、まったく驚嘆に値する。すばらしいの一語に尽きるよ。ただきみが何もかも、たった一人でやっているのが痛ましくて……」

「この家のこと？　でもこれは一種の療法なのよ、トム。おかげでテレンスを、すべてを、乗り越えることができたんだわ」

「テレンスはどうしたんだい？」

「フランスに帰ったわ」と言いながら、キティーは衣装戸棚の扉を閉ざして掛け金を掛けた——

まるでテレンスその人を閉めだすかのように。「この週末にあなたがくるって聞いたとき、あたし、こなければいいのにと思ったくらいよ。あなたがテレンスとあたしを夕食に連れて行ってくれた、あの恐ろしい晩のことを思い出したくなかったからよ。あのとき、テレンスはべろんべろんに酔っ払ってたわ。あたし、思い出すだけでもいたたまれない、恥ずかしい気持になって。誰だって恥ずかしい気持にはなりたくないものよ。後ろめたい気持にもね」

「後ろめたいなんて、そんなふうに感ずる必要はまったくないよ。きみは言ってみれば、一人で長い、暗いトンネルを通ってきたようなものだ。それでもきみは途中でくじけてしまわなかった。それに、きみにはクリスピンがいる。テレンスのことは――そうだね、経験というファイルに分類しておきたまえ」

「じゃあ、あなたは、この家も間違いの一つだとは思っていないのね？」

「間違いをしたことのない者に、値打ちのあるものが達成できたためしはないからね。間違いだったとしても、これはめったにないくらい、すてきな間違いだと思うよ」

「そんなこと、そんなやさしいこと、言わないでちょうだい。あたし、やさしくされるのに慣れていないから」

驚いたことに、キティーは泣きだしそうになっていた。キティーが泣くのなんて、ただの一度も見たことがないとトムは思った。「あたし、人に親切にされるのに慣れていないのよ……」

「キティー……」

「悲しくて泣いているんじゃないわ。メイベルでさえあたしのことを、どうかしていると思ってるみたいで……ただ自分のことを、こんなふうに人に話したことがなかったから――誰にも自分のことを言ったことがなかったから――あなたみたいにあたしをよく知っている人に話したことがなかったから……」

「もう泣かないでくれよ、キティー」

「わかってる。だめね、あたしって。でも――でも……」

キティーがハンカチーフをと夢中でポケットを探るのを見て、トムが自分のを渡すと、彼女は鼻をかみ、涙をぬぐった。

「何もかもうまくいかないように思えて、あたし、ときどき――たとえばこの冬、疲れきっているのに車がなかなかスタートしなかったり、トレーラーの中が氷みたいに冷えきっていたり、クリスピンを遊ばせる場所がなかったり――そんなとき、あたし、すっかり自信をなくしてしまって――あたしってやっぱり、何をやってもうまくいかない、無責任な能なしなのかしら、みんながしょっちゅう言ってるみたいにって――そう思いはじめて。『ノーサンバーランドなんかに埋もれて、一生を送るつもりじゃないんでしょうね?』とか、『クリスピンのことを考えるべきだわ』とか、『自分の家族と縁を切るなんて、そんな勝手なことがよくできるわねえ』とか」またまた涙があふれだしていた。「『キティー、自分の――人生を――めちゃめちゃにして、よくもまあ、平気で……』」

トムはもうそれ以上聞いていられなかった。夢中で歩みよると、彼は彼女を自分の方に向き直らせ、やにわに固く抱きしめた。ざっくりしたセーターの下の、肉の薄いあばら骨は、ちょっと力を入れたらポキポキと折れてしまいそうにかぼそく感じられた。ゆたかなブロンドの髪が彼の顎《あご》にやわらかく触れていた。

「泣かないでくれたまえ。きみと涙ほど、似つかわしくないものはない。きみが泣くと、このぼくまで、どうしようもなく情けない気持になる。この世界がばらばらになってしまったような、侘しい気持に落ちこんでしまうよ」

「ほんとに馬鹿ねえ、あたしって」

「馬鹿だなんて、とんでもない！　きみは言葉に表わしようもないくらい、すばらしい人だよ、キティー。きみは美しい。いろいろなことがあったにもかかわらず、へこたれず、くじけなかった。それに、きみにはクリスピンがいる。だから泣くことなんかないさ。ぼくは心底、そう思っているんだよ。ついでにもう一つ、言わせてもらうと、ぼくは腹ぺこなんだ。それに喉も渇いている。一緒にパブに行って炉の前でくつろぎ、やがてまた夏がくることや、メイベルのパーティーのことや、楽しいことを話しあおう。食事がすんだら、きみをドライヴに連れて行くよ。荒野《ムア》から海岸に出て、小石を拾って投げっくらをしよう――どっちの投げた石が海に届くか。それからアニックに行って、きみのあたらしい家のために骨董屋で何かすてきなものを買おうじゃないか。したいことがあったら、ただぼくにそう言えばいいんだよ、キティー」

　キティーを送りとどけてキントンに引きかえすころには、夕やみがあたりを包みかけていた。しかし村の通りの角を曲がったとたん、最初の明かりが見えた。そしてやがてトルコ石色の空を背に、キントン城が影絵のようにそそり立った。

　考えてみれば不思議だ。おそらく今夜はこの城が饗宴の華やぎにあふれる最後の夜となるのではないだろうか。やがて窓という窓に明かりが輝き、陽気な楽の音が響きわたるだろう。門番小屋の脇のアーチをくぐって、崩れかけている城壁にヘッドライトの光芒《こうぼう》を浴びせながら、何台もの車が坂道を上がって行くだろう。古びた部屋部屋のあちこちに花が咲きこぼれ、蝋燭《ろうそく》の光にやわらげられて、喜びにあふれる話し声、笑い声に盛時の面影をしのばせるだろう――せめてもこの一夜は。

　そう、今夜をかぎりに、かつての日々は、おそらくもう帰ってこないだろう。あのように古い様式が今日まで持ちこたえてきたこと自体、一種の奇跡だったのかも。キントン城そのものが、こっけいな時代錯誤なのでは？　いや、時代錯誤ではない。それは時を超えている――あるじのメイベル伯母と同様に。

　メイベル伯母は信じているものを忠実に守ることによって、今日まで多くのことを達成してきた。自分が人生に何を望んでいるかをさだかに知り、そのための代価を喜んで支払ってきた。由緒正しいキントン城を温かい家庭に変え、ほかの人々の子どもたちを歓迎し、天井の高い、冷え冷えとした、暮らしにくい部屋部屋のうちに、つねに美をのみ見てきた。庭つくりにいそしみ、犬たちを散歩させ、その炉辺によき友人たちを集めた。ぼろになりかけている壁掛けや、すりきれたカーペットを何とかもたせ、なかなか言うことをきかないボイラーや崩れかけている壁をなだめすかして、今日まで城の面目を保ってきた。時の勢いに頑として屈することなく。

　村の通りから城の坂道へと、さらに門を入ってゆっくりと車を走らせながら、トムは「不撓不屈《ふとうふくつ》」という言葉について思いめぐらした。キティーとメイベル伯母はさまざまな意味でよく似ている。二人とも変わり者のレッテルを貼られるくらい、およそ慣習に捉われず、その行動は、並みの人間には不可解に近い。しかし二人はともに不死の部分をもっている。それを圧し去ろうとする現実にもかかわらず。彼女たちは生きつづけるだろう――何らかの形でかならず。

寝室の鏡の前に立って薄暗い明かりを背に苦心してネクタイを結んでいたトムは、ノックの音にドアを開けた。

「トム」

メイベル伯母だった。昔風の、しかしいかにも優雅な裾長の褐色のドレスをまとい、家宝のダイアモンドのイアリングをつけて、亡き夫の贈り物の真珠のネックレスを首のまわりに巻いていた。品位のあふれる、堂々たる姿であった。

ネクタイを結びかけていた手を止めて、トムは言った。「伯母さん、とてもすてきですよ」

メイベル伯母はドアを後ろで閉めて、甥に近づいた。「何だか、すばらしくいい気分なのよ、わたし。急に若返ったようで、胸がわくわくして。ネクタイ、結んであげましょうか？　ネッドのネクタイをよく結んだものだったわ。あの人って不器用で、どっちの端が上にくるのか、いつもさっぱりわからなくてねえ」

トムはおとなしく伯母の前に立って、蝶ネクタイを結んでもらった。

「さあ、これで上等」とメイベル伯母は満足げに言って、努力の成果をかるくたたいた。

二人はそのまま、しばらくにっこり顔を見合わせていた。

「ちょうどいい折かもしれないな。伯母さんのお誕生日のお祝いにと思って持ってきたものがあるんですよ」とトムは化粧台の上に置いてあった大きな平たい包みを渡した。パリッとした、白い紙に包んで、金色のリボンを掛けてあった。

「まあ、トムったら、そんな心配、しなくてもよかったのに。わざわざきてくれただけで、わたしは大満足なのよ」と言いながらも、メイベル伯母は渡された包みをいかにもうれしげに、いそいそとベッドのところに持って行き、やおら腰をおろすと、さっそくリボンをほどきにかかった。

トムはその隣りにすわって、見守っていた。リボンと包み紙が床に落ち、額にはいった時代物の版画が現われた。

「まあ、トム！　キントンの版画じゃないの！　どこでこれを？」

「ソールズベリーの古物商で見つけたんですよ、まったく偶然に。何枚もこみで売っていた中に、この城を描いたものが二、三枚、まじっていたんです。そのうちの一枚です」と説明しながらトムは、伯母に贈るのに打ってつけのこの版画を見つけたときの感動を思いかえしていた。古物商の吹っかけた法外な値を、彼は文句も言わずに支払った。「ロンドンに戻ってから、表装させて額に入れたんですよ」

盛装していることもあって眼鏡をはずしているので、メイベル伯母はちょっとすかすようにして版画をためつすがめつした。

「ずいぶんと古いものに違いないわね。内輪に見積もっても、二百年くらい前のキントンじゃないかと思うわ。どうもありがとう、トム。きっと忘れずに持って行くわ」

「持って行くって——？」とトムはいぶかしそうに訊きかえした。

「ええ」とメイベル伯母は額を大事そうにベッドの上に置き、トムのほうに向き直った。

「今夜、話すつもりはなかったんだけれど、言ってしまいましょうかね。真っ先にあなたに打ち明けるのが順当かもしれないし。わたし、いずれキントンを出ようと考えているのよ。このところ、急にこの城が大きすぎ、古くなりすぎているように思われて」と言いかけて、おかしそうに笑った。「あらあら、まるでわたし自身のことを言っているみたいだわねえ」

「それで、どこに移ろうっていうんですか？」

「村のメイン・ストリートにこぢんまりした家があるの。前々から目をつけていたんだけれど、少し手を入れて、セントラル・ヒーティングを取りつければ住み心地もよくなるでしょうしね。犬たちを連れて、できるだけ早く移ろうともくろんでいるのよ。残る生涯を、片方のお隣りさんは肉屋、もう片方は新聞販売店って便利な場所で暮らすわけ」

トムはそんな彼女を思い描いて微笑した。

「残念だという気はするけれど、驚きはしませんよ。さっき、通りに車を走らせながらこの城を眺めて、これ以上もたせるのは、どう考えても無理だという気がしていたんです」

「できることなら、ここで息を引き取りたかったわ。でも人間って、死ぬのに先立ってもっともっと年を取り、病気で寝こんだりもするんでしょうからね。このままだったら、友だちや親類にきりなく心配をかけることになるでしょうし」

「伯母さんにはこの先、まだまだ何年も残されていると思いますがね」

「わたしね、トム、残念だなんて思っていないのよ。何にでも終わりはあるものだからね。パーティーをあとにするのは、もうちょっといたいと思うくらい、楽しいときに限るんじゃないかしら。それにわたしたち、お互いにここでずいぶん楽しいときを過ごしたじゃないの。この城には、わたしにとって幸せな思い出がたくさんつまっているのよ。このままここでだらだらと年を取り、そうした思い出の数々が腐れ朽ちるのを見たくないという気もしてねえ」

「キントン城は、伯母さんの手を離れたらどうなるんでしょう?」

「さあ、誰かが買って学校とか、病院とか、救護院にするってことも考えられないわけじゃないけれど、どうでしょうかねえ。ナショナル・トラストが引き受けてくれれば、それに越したことはないけれど、たぶん、いくらもたたないうちに自然倒壊するんじゃないかと思うわ。今だってかなりそれに近い状態ですもの。地下室は壁の中から腐りかけているし、西の塔には死番虫《デスビートル》」と朗らかに笑って、手を伸ばしてトムの膝をいたずらっぽく叩いた。「鐘楼《しょうろう》には大こうもり」

トムも声を合わせて笑った。「村のその家に手を入れるなら、キティーに頼んで手伝ってもらったらどうです？」

「キティーねえ。遅かれ早かれ、キティーの話が出ると思っていたけれど」

「キティーが建てている家ですが、言葉も出ないくらい、感心してしまいましたよ。信じられないほどの労力を注ぎこんできたんですねえ」

「ええ、こっちの気までおかしくなってくるような、突拍子もないことをやる、片意地な娘だけれど、でも何かこう、一も二もなく脱帽せずにはいられないところがあるのよね、あの子には」

「しかしタフな人間だと見てもらいたがっているわりには、それほど強靭ではないようです」

「そうね、ずいぶんと辛い思いもしてきているのよね。離婚のあと、クリスピンとここでしばらく暮らしたらと勧めたんだけれど、聞きいれなくて。自分が引き起こしたごたごただから、自分の力で解決すると言いきってね」こう言ってメイベル伯母は口をつぐんだ。自分に注がれている視線を感じてトムが顔を上げると、メイベル伯母が想いぶかげな、瀬踏みするようなまなざしを彼に向けていた。

彼が口を開く前に伯母は問いかけた。「今日はキティーの所に行って、二人でどんなふうに過ごしたの？」

「家を一通り見てから、カクスフォードのドッグ・アンド・ダックで食事をして、それからアニックに行って少し買い物をしました。ドレッサーの上に置くといいと思って、美術店でスポード製の青と白の模様の皿を買ったんです。そのあと、家まで送りました。それだけです」

「あなたはいつも、キティーと親しかったから。昔からあの子のたった一人の理解者だったんじゃないかしら」

「彼女と結婚したらいいのにって、伯母さんに言われたことがありましたっけね」

「そんなことは考えられない、妹と結婚するようなものだとあなたは言ったわね」

「伯母さんは、彼女がいまにすばらしい美人になるだろうとも言いましたよね」

「それまで待ってるって、あなたは笑ったわ」

「ええ」

トムがもっと何か言うかと、メイベル伯母は甥の顔をじっと見て辛抱づよく待っていたが、彼がそれっきり黙ってしまったので、ただ一言付け加えた。「あまり長いこと、待ってはだめよ」

城の奥の方からかすかに楽の音が流れてきた。この古城に敬意を表してだろう、ディスコを取りしきっているあの長髪の青年たちは、今夜のパーティーを一連のシュトラウスのワルツで始めることにしたらしかった。

　メイベルはうれしげにほほえんだ。「きれいだこと！　でも――」とちょっと戸惑ったような表情を見せた。「ああした若い人たちが弾けるのはロックンロールだけだと思っていたんだけれど」こみいったステレオ・システムを楽器の一種とでも思っているような口ぶりだった。トムが説明しかけたとき、ノックの音がした。

「メイベル！」

「わたしはここよ！」

ドアがゆっくり開いて、キティーが顔をのぞかせた。トムは立ち上がった。

「メイベル、ずいぶん探したのよ。お客がそろそろお着きになるころだって、ユースタスがそりゃもう気をもんで。早く降りてきてお出迎えなさらないとって、言ってるわ」

「おやまあ、もうそんな時間？」とメイベル伯母はベッドから立ち上がって髷《まげ》に手をやり、レースの飾りのある褐色のスカートの皺を伸ばした。「いつの間にか、時がたってしまって」と言って、キティーの顔をきっと見返した。「それにしても、キティー、いつからきていたの？」

「五分くらい前かしら。車は裏手に止めてきたのよ。あまり汚いんで、麗々しく表に駐車する勇気がなかったから。ああ、でもメイベル、今夜のメイベルはゴージャスだわ！　だけどお願い、一刻も早く、降りて行ってちょうだいな」

「ええ、すぐ行くわ」とメイベルは答えて、額と包み紙と金色のリボンを取りまとめるとトムの頬にかるくキスをしてドアの方に進み、通りすがりにキティーの方に少々ぼんやりキスを送り、背筋をしゃんと伸ばすと部屋を出た——耳もとのダイアモンドがきらめき、すりきれたカーペットの上にドレスの裾を引いていた。

部屋の奥と戸口から、トムとキティーはにっこり顔を見合わせた。

「すてきなのは、メイベル伯母さんだけじゃなかったな」とトムは言った。

キティーの立ち姿は夢の中のひとこまのように美しく、女らしく、昼間の彼女とは別人のようだった。淡いブルーをあしらった、つやのある白いサテンのドレスのスカートは、彼女が身動きするたびにささやくようにやさしい衣擦れの音を立てた。低いネックラインがすんなりした肩をあらわに見せ、かぼそい項《うなじ》が何とも可憐だった。洗い立てのたっぷりした、ほとんど白く見えるくらいのブロンドの髪を高く結い上げて髷《まげ》にまとめ、かわいらしい両の耳たぶに真珠が一粒ずつ輝き、片方の細い手首に宝石をちりばめた時計をつけていた。

「そのドレス、いいね、とっても。どこで手に入れたんだい？」

「おそろしく古いものなのよ。あたしが十八のときに、母があたしを社交界にデビューさせようとしてつくったの。大きなボール箱に入れて送ってくれてね。郵便屋さんがやっとかつげるくらいの、ものすごく大きな箱だったわ」

トムは微笑した。「ドアを閉めて入らないか？　ちょっと待っててくれれば、ぼくもじき支度するよ」

キティーは言われるままに部屋に入り、メイベルと同じようにベッドの上に腰を下ろして、トムが靴を履き、靴紐を結び、上着を着てボタンをはめ、財布や鍵やハンカチーフをそれぞれのポケットにしまう様子にじっと目を注いでいたが、ふと訊いた。

「メイベルのお誕生日に何をあげたの？」

「キントンの版画だよ。引っ越し先に持って行くって言ってくれたよ」

「引っ越すって、どこに？」

「村の小さな家に。伯母さん、この城を出るつもりだそうだ」

ちょっと沈黙していたすえに、キティーは言った。「そうするつもりなんじゃないかって気がしていたわ」

「きみに話していいかどうか、わからなかったんだが。知っているってことを、伯母さんに言う必要はないからね」

「むしろ、これまで持ちこたえていたのが不思議なくらいよ――こんなに長いこと、ここで一人で暮らしてきたなんて。あたし――あたし――何だかほっとしちゃったわ」

「ぼくもだよ。パーティーは楽しんでいるうちに切り上げるにかぎるって、伯母さん、言ってたっけ。病気になったり、弱ったりして、友だちに心配をかけたくないとも」

「メイベルが病気になったり、弱ったりしたら、どこにいようとあたしが看病するつもりよ」

「ああ、きみなら、きっとそうするだろうね」

ワルツの調べがあいかわらず流れていたが、それとともに、近づいてくる車の音、話し声、笑い声が塔の一郭のこの部屋にまで伝わってきた。メイベルの友人たちがイギリスの各地から、彼女の誕生日を祝って集まりつつあるのだった。

「ぼくらも行かないと」とトムはうながした。「行って、伯母さんを精神的に援護しなけりゃ」

「ええ、そうしましょう」

キティーが立ち上がって、メイベルがさっきしたようにスカートの皺を伸ばすと、トムがその腕を取り、二人は部屋を出て長い廊下を歩き、階段の上に立った。曲は「ウィーンの森の物語」に変わっていた。

二人は並んで階段を降りはじめた。しかし雅《みやび》やかなアーチ形の窓の下の屈曲部にさしかかったとき、階下の広間の全景が目に入った。たくさんの燭台に立てられた蝋燭《ろうそく》の輝かしい光と赤々と燃える炉の火が、テーブルの上に並んだシャンパン・グラスのまろやかな曲線をもつ、泡立つような表面に照り映えていた。

突然、トムはこの一瞬の深い意味を全身で感じ取り、それをむなしく過ぎ去らせることなく、心して味わい、その意味を残りなく紡がせ、いつまでも思い出のうちにとどめたいと思った。彼はキティーを引き止めて、「待って」とその耳に囁《ささや》いた。

彼女はいぶかしげに振り返って彼の顔を見た。「どうかして、トム？」

「こんな瞬間は、もう二度とこないと思うんだ。わかるだろう、きみにも？　気ぜわしく行動して、いたずらに過ぎ去らせてはいけない。ね？」

「でもどうするの？」

「ただ楽しむんだよ、今を」

トムは女神の膝のような石の階段の踊り場に腰をおろして、キティーの手をそっと引っ張って並んですわらせた。サテンのスカートがささやくような音を立てた。キティーは子どものように膝をかかえて、彼の顔にほほえみかけた。わかってくれたのだ。トムの胸に歓喜と満足で満たすすべてがそこにあった――時もよく、場所もよかった。

そして彼のかたわらにはキティーがいた……。

キティー。ほとんど物心がつくころからよく知っていた女の子。それでいて、彼は彼女について、ほとんど何も知ってはいなかったのだ。彼女はすべての一部だった。この夜の、キントン城の、一部であった。彼はまわりを見回した。漆喰塗りの天井。彼ら二人がすわっている石の階段の、均整の取れた、完全無欠な曲線。キティーの愛くるしい顔をじっと見つめて、トムは言い知れぬ喜びが胸のうちにあふれるのを感じた。

「きみたち、トレーラーから、いつ、あたらしい家に移るの？」

キティーはいきなり笑いだした。

「何か、おかしなことを言ったかな？」

「あなたよ。うれしくなるような、ロマンティックなことを言ってくれるのかと思っていたら、おそろしく現実的な質問をするんですもの」

「うれしがらせやロマンスは、もう少し、お預けにしておくよ。だが、今は現実について確かめておきたいんだ」

「わかったわ。あと二週間くらいって、前にも言ったはずよ」

「考えてみたんだがね――一カ月待ってくれれば、三、四日、休暇が取れる。スペインに行こうと計画していたんだが、それよりもう一度、ノーサンバーランドにきて、きみの引っ越しを手伝おうと思うんだ——もしも——きみが嫌でなかったらだが」

キティーは笑いを消し、大きな目でトムをじっと見返した。「あたし、憐れみは要らないのよ」

「憐れみなんかじゃないよ。ぼくはきみに感嘆し、うらやみ、ときには腹を立てるかもしれない。だが、ぼくの気持には憐れみはまじっていないよ——けっして」

「あたしたち、お互いのことを知りすぎている——そうは思わなくて？」

「知りつくすには短すぎたくらいだと、ぼくは思っているんだよ」

「あたしにはクリスピンがいるのよ」

「わかってるよ」

「あなたが手伝ってくれれば——こんなうれしいことはないくらいだけれど——でもやってみて、もうたくさんだって気になったら——つまりね、あたし、嫌なの——あたしが誰かに頼らずにはいられない、一人じゃ、やっていけないと思われるのが」

「キティー、意味もないあがきはやめるほうがいいよ」

「あなたにはわからないのよ」

「わかっているとも」と彼はキティーの手を取って、じっと見つめた。

彼はメイベルのこと、キントンのことを考えた。キントン城は廃墟となり、メイベルは犬たちとともに、セントラル・ヒーティングの設備のある、こぢんまりした家で暮らすだろう。おそらく生まれて初めてぬくぬくと。トムは城壁の上で寝た、意地っぱりの、かたくなな、そして勇敢な、かつての日のキティーを思った。キティーの建てたあたらしい家の屋根裏のベッドに寝て、あの細長い窓から日の出を眺めているクリスピンの姿を想像した。

キティーの手は荒れてガサガサしていた。爪も割れていた。しかしトムはその手を美しいと思った。彼はその手にそっと唇を当て、まるで大切なプレゼントでも持たせるように指を一本、一本、折らせた。

「それ、何のため?」

「終わりのしるし、そして始まりのしるしだよ。さあ、そろそろ降りようか」

トムがキティーの手を引っ張って立たせると、二人は並んで、ゆっくり階段を降りて行った。

訳者あとがき（一九九四年刊　晶文社版より）

ロザムンド・ピルチャーの一冊目、『ロザムンドおばさんの贈り物』がさいわい好評で、追いかけるようにして二冊目が出ることになりました。それがこの『ロザムンドおばさんのお茶の時間』です。この本には六編を収めました。

一口に言うと、二冊目は一冊目の読者の力強いバックによって押し出されたという感じで、このことはぜひ、ピルチャーさんにお伝えしなければと思っています。お目にかかったことはありませんが、日本の読者がこんなにも歓迎しているということを聞かれたら、きっと喜んでくださるでしょう。

というのも、彼女の長編、『シェル・シーカーズ』と『九月』はドイツ語、フランス語をはじめ、十七、八カ国語に翻訳されてどこでも多くの読者を得ているそうなのに、彼女の作品が単行本として邦訳刊行されるのは、短編集である『ロザムンドおばさんの贈り物』がまったく最初だったからです。どんなふうに受けとめられるかと、訳者である私自身、多少の危惧をいだいていたのですが、愛読者カードなどをつうじて私の手元にとどいた感想は、「久しぶりで素直な心の自分にめぐりあうことができた」、「この物語に出てくるような単純な生活が人間の本当の幸せなのかも」、「こういう気持を友だちとわかちあいたく思った」など、著者の言いたいことが読者の心の中にじかに伝わったことを思わせるものばかりだったのです。

この本で初めてロザムンド・ピルチャーという作家を知った方も多いかと思いますので、一応彼女について書いておきましょう。

ロザムンド・ピルチャーは一九二四年生まれのイギリスの作家です。現在はスコットランドでご主人との二人暮らしですが、お子さんが四人、お孫さんが八人あるそうです。目下、長編連作の三冊目を執筆中とのことです。

関心がある向きにとっては、直接に原書に当たってみるのが比較的容易であることもプラスと言えるでしょう。大きな都市の洋書の専門店には短編、中編、長編、取りまぜてペーパーバックの彼女の著書が、何冊も並んでいます。

この本に収めた『雨あがりの花』、『湖に風を呼んだら』、『気がかりな不在』、『再会』の四編は *Flowers in the Rain and Other Stories* から取りました。版によって、多少文章が違っていることをお断りしておきます。

『雨あがりの花』はラッパスイセンに象徴される早春、『湖に風を呼んだら』は初夏の湖面に吹く風という、どちらも季節感のあふれる、さわやかな物語です。前者で静かな死を迎えようとしているお屋敷のミセス・ファークワは『再会』(他の短編の二倍の長さです) の闊達《かったつ》なメイベル伯母さんとはまったく違うタイプの、いまだに幽艶な風情の残っている老婦人ですが、二人は若い人たちにたいする惜しみない愛情という共通点をもっています。世代の違いを超えた、こうした交流が描かれているのもピルチャーの作品の特徴なのです。

二十年ばかり前に亡くなったウッドハウス (P.G.Wodohouse,1881-1975) という、やはりイギリスの作家がいました。その作品は、ひところ日本でもかなり読まれました。『気がかりな不在』は、ちょっと彼を思わせるユーモラスな作品です。

『丘の上へ』と『父のいない午後』の二つは *The Blue Bedroom and Other Stories* からです。期せずして二つとも新しい生命の誕生というテーマを扱っていますが、前者では十歳の少年の身重の姉にたいする保護者的ないたわりと不安、後者では思春期に入りかけている少女の、自分の姉といってもいいくらいに若い、美しい継母《はは》にたいするかすかな反発が、女は女同士という連帯感に変わっていく次第が描かれています。

また『丘の上へ』では、初めて田舎で暮らしてみて自然のきびしい一面を知った少年が、恐れながらも惹かれていた丘の一軒家に住む男と協力して姉の無事な出産のために力をつくすうちに、男にたいする猜疑心とともに、はげしい嵐とその結果にたいする恐怖を乗り越えるところ、『父のいない午後』では、幼い生命の誕生に力を貸した少女がその行動を通して大人への第一歩を踏みだす経緯が、日本の夏の夜よりずっと明るい北国の一夜の経過のうちにさりげなく描かれている点、ピルチャーのもう一つの特徴である、自然と人事のふかい関わり合いを読みとることができます。

『ロザムンドおばさんのお茶の時間』が『贈り物』と同様に、大勢の読者に安らぎのひとときを共有させてくれることを、心から願っています。

著者　ロザムンド・ピルチャー

1924年、イギリスに生まれる。18歳より『グッドハウスキーピング』『レディーズ・ホーム・ジャーナル』等を中心に数多くの短篇を発表。代表作『シェルシーカーズ』(朔北社) は世界的に500万部を売るベストセラーとなった。短篇、中編、長編を多数発表。2002年にOBE勲章受賞。2019年没。

訳者　中村妙子（なかむら　たえこ）

1923年、東京に生まれる。東京大学西洋史学科卒業。翻訳家。『シェルシーカーズ』上・下『九月に』上・下（朔北社）『懐かしいラブ・ストーリーズ』(平凡社)、ハヤカワ文庫のクリスティー文庫（早川書房)、『子どものための美しい国』(晶文社）など児童書から推理小説まで幅広いジャンルの本を多数翻訳している。

この作品は1994年3月に晶文社より出版されたものを
装丁、デザインを変更し、修正を加え復刊したものです。

ロザムンドおばさんのお茶の時間

2021年11月30日　第1刷発行

著者　ロザムンド・ピルチャー
訳者　中村妙子　translation © Taeko Nakamura 2021
装丁デザイン　山本 清（FACE TO FACE)
銅版画 / イラスト　城野由美子
発行人　宮本　功
発行所　株式会社　朔北社《さくほくしゃ》
〒191-0041　東京都日野市南平5-28-1-1F
tel.042-506-5350　fax.042-506-6851
http://www.sakuhokusha.co.jp
振替 00140-4-567316

印刷・製本　中央精版印刷株式会社
落丁・乱丁本はお取りかえします。
Printed in Japan ISBN978-4-86085-137-8 C0097